小小说美文馆

田野风情

小年过了是大年

主编◎马国兴

吕双喜

郑州大学出版社

图书在版编目(CIP)数据

田野风情:小年过了是大年/马国兴,吕双喜主编.—郑州:
郑州大学出版社,2014.2(2023.3重印)
(小小说美文馆)
ISBN 978-7-5645-1674-1

Ⅰ.①田… Ⅱ.①马…②吕… Ⅲ.①小小说-小说
集-中国-当代 Ⅳ.①I247.8

中国版本图书馆 CIP 数据核字(2013)第 310894 号

郑州大学出版社出版发行
郑州市大学路 40 号   邮政编码:450052
出版人:孙保营   发行部电话:0371-66658405
全国新华书店经销
三河市鑫鑫科达彩色印刷包装有限公司印制
开本:710 mm×1 010 mm 1/16
印张:13
字数:185 千字
版次:2014 年 2 月第 1 版   印次:2023 年 3 月第 2 次印刷

书号:ISBN 978-7-5645-1674-1   定价:42.00 元

"小小说美文馆"丛书

总 策 划 、总 主 审

杨晓敏　骆玉安

编委名单

主　编　　马国兴　吕双喜

编　委　　（以姓氏笔画排序）

王彦艳　连俊超　李恩杰

李建新　牛桂玲　秦德龙

梁小萍　郑兢业　步文芳

费冬林　郜　毅

序

杨晓敏

书来到我们手上,就好像我们去了远方。

阅读的神妙之处,在于我们能够经由文字,在现实生活之外,构筑属于自己的精神生活。透过每篇文章,读者看到的不仅是故事与人物,也能读出作者的阅历,触摸一个人的心灵世界。就像恋爱,选择一本书也需要缘分,心性相投至关重要,阅读的过程中,你会发现他与自己的不同,而你非常喜欢,也会发现他与自己的相同,以致十分感动。阅读让我们超越了世俗意义上的羁绊,人生也渐渐丰厚起来。

在这个信息碎片化的网络时代,面对浩若烟海的读物,读者难免无所适从,而阅读选本无疑是一个不错的选择。从《诗经》到《唐诗三百首》再到《唐诗别裁》,从《昭明文选》到"三言二拍"再到《古文观止》,历代学者一直注重编辑诗文选本,千淘万漉,吹沙见金。鲁迅先生说过:"凡选本,往往能比所选各家的全集更流行,更有作用。册数不多,而包罗诸作。"为承续前人的优秀传统,我们编选了"小小说美文馆"丛书。

当代中国,在生活节奏加快与高科技发展的影响下,传统的阅读与写作方式发生了深刻的变化,小小说应运而生,成为当下生活中的时尚性文体。小小说注重思想内涵的深刻和艺术品质的锻造,小中见大、纸短情长,在写作和阅读上从者甚众,无不加速文学(文化)的中产阶级的形成,不断被更大层面的受众吸纳和消化,春雨润物般地为社会进步提供着最活跃的大众智力资本的支持。由此可见,小小说的文化意义大于它的文学意义,教育意义大于它的文化意义,社会意义又大于它的教育意义。

因为小小说文体的简约通脱、雅俗共赏的特征,就决定了它是属于大众文化的范畴。我曾提出,小小说是平民艺术,那是指小小说是大多数人都能阅读(单纯通脱)、大多数人都能参与创作(贴近生活)、大多数人都能从中直

1

接受益(微言大义)的艺术形式。小小说作为一种文体创新,自有其相对规范的字数限定(一千五百字左右)、审美态势(质量精度)和结构特征(小说要素)等艺术规律上的界定。我提出的小小说是平民艺术,除了上述的三种功效和三个基本标准外,着重强调两层意思:一是指小小说应该是一种有较高品位的大众文化,能不断提升读者的审美情趣和认知能力;二是指它在文学造诣上有不可或缺的质量要求。

小小说贴近生活,具有易写易发的优势。因此,大量作品散见于全国数千种报刊中,作者也多来自民间,社会底层的生活使他们的创作左右逢源。一种文体的兴盛繁荣,需要有一批批脍炙人口的经典性作品奠基支撑,需要有一茬茬代表性的作家脱颖而出。所以,仅靠文学期刊,是无法垒砌高标准的巍巍文学大厦的。我们编选"小小说美文馆"丛书,是对人才资源和作品资源进行深加工,是新兴的小小说文体的集大成,意在进一步促进小小说文体自觉走向成熟,集中奉献出思想内容与艺术形式兼优的精品佳构,继而走进书店、走进主流读者的书柜并历久弥新,积淀成独特的文化景观,为小小说的阅读、研究和珍藏,起到推动促进的作用。

编选"小小说美文馆"丛书,我们选择作品的标准是思想内涵、艺术品位和智慧含量的综合体现。所谓思想内涵,是指作者赋予作品的"立意",它反映着作者提出(观察)问题的角度、深度和批判意识,深刻或者平庸,一眼可判高下。艺术品位,是指作品在塑造人物性格,设置故事情节,营造特定环境中,通过语言、文采、技巧的有效使用,所折射出来的创意、情怀和境界。而智慧含量,则属于精密判断后的"临门一脚",是简洁明晰的"临床一刀",解决问题的方法、手段和质量,见此一斑。

好书像一座灯塔,可以使我们在瞬息万变的社会不迷失自己的方向,并能在人生旅途中执着地守护心中的明灯。读书是一种积极的生活情趣,一个对未来的承诺。读书,可以使我们在人事已非的时候,自己的怀中还有一份让人感动的故事情节,静静地荡涤人世的风尘。当岁月像东去的逝水,不再有可供挥霍的青春,我们还有在书海中渐次沉淀和饱经洗练的智慧,当我们拈花微笑,于喧嚣红尘中自在地坐看云起的时候,不经意地挥一挥手,袖间,会有隐隐浮动的书香。

(杨晓敏,河南省作协副主席,郑州小小说文化传媒有限公司董事长、总编辑,《小小说选刊》《百花园》主编。)

目录

小年过了是大年

朱道能

　　黑皮把一张红纸卷巴卷巴,往胳肢窝一夹,扭身就走。正在洗碗的媳妇说:"还去打牌呀? 快过年了,家里还像个猪窝,也不拾掇拾掇?"黑皮正用指甲抠牙缝里的肉丝,等到了院子,"呸"地啐了一口,才应道:"打你个头啊! 我去写对联!"

　　老话说,小年过了是大年,熬好糨糊贴对联。今天就是小年,也是写对联的时候了——自从出了个会写毛笔字的杨胡子后,松树沟这旮旯里,就没买对联一说了。

　　黑皮去的时候,杨胡子正要写林老七家的。他家年前刚添了孙子,杨胡子把对联书翻了几下,问:"这副'天增岁月家添福'咋样?"林老七咧开一嘴黄牙,直乐和:"中,中。"

　　杨胡子并没立即动笔。他左手摩挲着红纸,右腕悬握笔管,屏声息气酝酿片刻后,方才行云流水,一气呵成。写完一副,就让林老七双手提起。他捋着长胡子,喊:"退一步,再退,再退……"一直看着林老七退到院墙,才算作罢。经过这一番远看近观,满意的,就让人卷起;不满意的,就揉成一团,掷于地上。一村人都知道,一般人讲究的是脸,而杨胡子讲究的是字。有一年,他去大强家拜年,刚进院门掉头就走。正当人家莫名其妙时,杨胡子拿着笔墨,气喘吁吁地回来了。直到他把对联上的一个字,修饰了几笔后,这才作罢。

黑皮在旁边瞅了会儿，呵欠一个连一个。看前面还有人等，就把红纸往桌子上一放，跑到邻院看打牌去了。一直看到散场，黑皮才想起对联来。等他过去一看，红纸还原封不动地躺在那里，而杨胡子已经开始收摊了。

黑皮急了，说："我的还没写呢，咋不叫我一声啊？"杨胡子回了一句："你卖肉的不守案，怨我？明天再来！"说着，收起笔墨，转身进屋。

媳妇听了黑皮的话，皱着眉头说："不对啊，这杨胡子不是故意晾你吗？——你是不是在哪儿得罪他了？"

黑皮没好气地说："他写他的字，我干我的活，鸡狗尿不到一壶去，谁得罪谁呀？"虽然嘴上这么说，心里还是嘀咕开了。到了晚上睡觉时，他咯噔一下，突然想起了一件事。

那天是大强房屋上梁的日子，杨胡子被请去写喜联。黑皮被请去上大梁。轮到入席吃饭时，有人客套道："杨先生，你上席请。"杨胡子客气了一声，就一屁股坐在头席上。黑皮一见，心里就有些不舒服："我们爬高下低，一个汗珠摔八瓣。你倒好，就那么鸡爪子爬几下，就弄得跟功臣一样，让我们一群人陪师傅样陪着你……"

因为心里不爽，黑皮就多喝了几杯闷酒。吃过午饭，在挑选的吉时良辰里，开始上梁封顶了。而后，一副上梁的喜联，就递到了黑皮手中，而站在下面指挥的，就是杨胡子。黑皮好不容易挂好对联，刚刚歇口气，杨胡子就后退几步，眯着眼，又开腔了："左边那条，再往上提一个拇指，不，一个半拇指……"憋了许久的黑皮，借着酒劲，一下子爆发了："一会儿东一会儿西，你耍猴啊？你自个屙屎自个擦！写俩字就算本事？有本事你把这梁给我架周正了！"话音一落，杨胡子当下脸就变成了猪肝色。后来大强出面圆场，再加上"噼噼啪啪"的鞭炮一响，这事才算过去了。

媳妇一下子翘起头，一股凉风便灌进了被窝："你看你，猫尿一灌，就不知道自己姓啥了。咋样，得罪人家了吧？"

黑皮把脖子一梗："得罪他咋啦？少了他张屠夫，就吃带毛肉？不就是对联嘛，我明天赶集想买几副买几副。"

媳妇知道，男人是在赌气。老辈传下个说法，免费给人写对联，是积福；免费得对联，是得福。再说了，全村九十九户贴杨胡子写的对联，你一家贴买的，咋说也不是个光彩事啊。

媳妇劝黑皮："明儿去了，主动递根烟啥的，他就借坡下驴了。多大的事啊，笑一笑不就过去了？"

黑皮犟劲蹿上来了，说："男人的事，你们娘们儿懂个啥？睡觉！"

第三天，一群人围在村口的大碾盘上打扑克。黑皮过来了，把一卷纸往磨盘上一扔，说："让我来两把。"有人拿起那卷纸，问："这啥？"黑皮应了一句："对联。"那人一打开，就笑："啥对联呀，咋比你媳妇的脸还皱巴啊？"接下来，笑得更厉害了："哈哈，你们瞧瞧这副对联，丹凤呈祥龙献瑞，五更分两年年年称心。啥玩意啊，驴头不对马嘴！"黑皮说："别瞎说，这可是杨先生写的对联哩！"说话间，他把手中的牌一摔："哈哈，炸弹！"

小年一过，日子就像点燃的炮引，"哧"地一下，就到了除夕。

早上起来，媳妇惊叫一声："黑皮，快来看，门口放着对联儿……"

黑皮打开对联一看，不但院门、厅房、厨房样样不少，而且连自家的猪圈门都没落下。

黑皮摸着没有胡须的下巴，嘿嘿直乐："就你个绵'羊'样，还想跟俺大牛顶头？！"

大牛，是黑皮的小名儿。

大年说到就到了，媳妇忙着准备年夜饭，黑皮忙着贴对联。当他把最后一副"猪如大牛"的对联，端端正正地贴上猪圈门后，便像杨胡子一样，后退了几步，把红彤彤的对联都瞅了一遍，兀自笑了。

"噼噼啪啪"，在此起彼伏的鞭炮声中，松树沟的家家户户，都沉浸在欢乐的气氛里。

黄鳝精

朱道能

割谷割谷，无人落屋。大人忙着收割庄稼，我们小孩也没闲着，忙着去田凼里摸鱼捉虾。所谓的田凼，就是经流水的长期冲刷，在放水口下面形成的小水坑。那些从池塘里流出的鱼虾，就汇聚在此，繁衍生息。

从开镰的那天起，我就像闻到腥味儿的野猫，在田野间兴奋地窜来窜去，瞅着哪家捆稻清场了，就拎来脸盆和鱼篓，哧溜一声，泥鳅般地滑进田凼里。我先扒起田泥，在田凼周围筑起一道挡水坝。然后撅起屁股，拿脸盆往外舀水。往往余水尚多，就耐不住性子，两手在凼内使劲搅动，趁水浑摸起鱼来。其实一方浅水，油水并不大，大抵是些鲫鱼壳、白鱼条之类的杂鱼。不过娘还是很高兴，要搁平常，这个泥猴样，还不打断我的狗腿？现在不同了，一瞅我的鱼篓，娘就笑眯眯的。爹也是，蘸着鱼腥味儿，把那小酒咂得吱吱作响。

这一天，我去了六爹的稻田。这是池塘下的一块头田，汹涌而出的水流，让这里的田凼，更像一口小池塘。去年的一条红鲤鱼，让我对今年的秋天，充满了无限的期望。事实上，我的期望很快就变成了现实——我刚刚舀了几盆水，一个滑溜溜的物体，就在我腿肚上重重地撞击了一下。可我扭头一看，却如同被蜂蜇一般，连蹦带跳地跑出田凼——我的亲娘啊，哪是啥大鱼呀？分明是一条蛇，一条大蛇！

　　大蛇显然也受惊了，半截身子翘了起来。这下我终于看清了，不是大蛇，而是黄鳝，一条比大蛇更恐怖的大黄鳝：它有我小胳膊粗，手臂那么长，黄灿灿的，在阳光的照射下，闪烁着金属般的光泽。很快，黄鳝就翻过挡水坝，在稻田里快速地窜动着。所到之处，谷茬沙沙作响。

　　我不由抽口冷气，连连后退。当脚后跟碰到鱼篓的刹那，我不知从哪来的一股勇气，迅速抄起鱼篓，对准黄鳝罩了过去。黄鳝猝不及防，半截身子钻了进去。很快，鱼篓里传出诡异的"叽叽"声，还有"啪啪"的甩尾声……我害怕了，连忙薅了一把稻草，紧紧塞住篓口——"二蛋，在干吗？"这突兀的一声，把我吓得一屁股坐在田里。

　　等回过神来，才看清说话的是单身汉建国叔。有了大人坐镇，我便壮着胆打开鱼篓。"我的天老爷，这么大的黄鳝，都长成精怪了！"听了这一声，我立即又紧张起来："那，那还能吃吗？"建国叔一愣，瞅瞅我，又瞄瞄鱼篓，神秘兮兮地说："凡是成精的东西，都千年不老，万年不死。就是吃到肚里，它也闹得你一辈子不得安生……"我吓坏了，忙扯开篓口的稻草。建国叔说："我正好要去河边割稻子，就把黄鳝带过去，替你扔得远远的，免得回头找你的晦气。"我如遇大赦，赶紧把黄鳝倒给建国叔，然后拎起鱼篓，头也不回地往家里跑。身后，建国叔还在喊："回去了谁也别说哈！"

　　回家后，娘一看空鱼篓，就开始数落起我来，连吃饭都占不住嘴。我终于忍不住了，说："俺逮着一条大黄鳝哩……"我刚讲完，娘就一巴掌打飞了我的筷子："吃，吃个屁！恁大一条黄鳝，拿到集上能卖几块钱呢！——不行，我找建国去！"说着，娘把筷子一摔，气呼呼地出了门。

　　不一会儿，村南头就响起了娘的大嗓门。我没心没肺的，也跟着村人一起看热闹。去的时候，看见娘手中拿着一个菜钵，向一圈人展示："看看，看看，这就是我二蛋逮的黄鳝，多大一条哟，硬是让他给骗去了。几十岁的人，去骗一个小孩的东西吃，你们说丢人不丢人啦……"

　　建国叔蹲在屋檐下，脑袋夹在胯裆里，一声不吭。

　　有人见到我，就好奇地问了起来。这下我来劲了，伸出两手，兴奋地比画道："有这么长,有这么粗——"

"啪"的一声,我手臂一麻,是娘打的。"还有脸在这说,给我滚回去! 以后你就别叫二蛋了,干脆就叫傻蛋!"

在一片笑声中,我抱头鼠窜。

经这一闹腾,建国叔给人倒插门的亲事,也凉菜了。他彻底断了成家的念想,一个人躲在小屋里,过他没油没盐的寡淡日子。

我的日子也不好过,娘动不动就骂:"我咋生了你这个没出息的傻蛋?"而村里的大人小孩,也"傻蛋,傻蛋"地跟着喊,唱歌似的。

这一年,我上学了,就在心里暗暗地想:"如果我能门门考一百分,就不会是傻蛋了吧?"结果我做到了。当我把一张张奖状拿回家时,娘笑了,说:"就你这个傻蛋样,还能考一百分? 不会是抄别人的吧?"我知道,我还得努力。就这样,从小学到大学,我一直努力着。不但努力成为娘的骄傲,还努力成为一村人的骄傲。

去年,我和新婚妻子一起回家过年。远远的,我就看见娘站在村口商店前张望。我开门下车时,迎面遇上买烟的建国叔。他见了我,头一低,满头的白发。我热情地招呼一声,递过烟去。他摸摸我的车子,咂一下嘴巴:"侄子有出息啊,买了恁排场的车子。"转脸又对妻子说,"侄子是我看着长大的。他从小啊,就聪明得很……"不等说完,娘就接过话头,笑模笑样地说:"看他叔抬举的,小时候,我儿子哪有你聪明啊!"建国叔像被人抽了脊梁筋一样,人一下子就佝偻了。他呆了呆,烟也不买了,就顺着墙根匆匆而去。

妻子一脸疑惑道:"咦? 怎么走了? 我还想听听你小时候的故事哩!"

不能说的秘密

陈 毓

滔滔河水在某一段被辟出去，分流出一条渠，一些鱼随波逐流，来到渠中，是清波荡漾的渠水中最生动的部分。渠水穿过开黄色花的油菜田、聒噪着蛙鸣的稻田，扭啊扭啊地一路向前，像一条活力无限的小青蛇。

渠水在靠近水磨坊的那片竹林边被收束住，跌下去，跌出一股猛力，这力拍打在水车的翅膀上，水车就飞快地转动起来，轰嗡嗡，轰嗡嗡，昼夜不停。

苦麦草的水磨坊的屋顶，在远离村子的山边，像一朵老蘑菇。

日夜交替，只有守磨坊的阿桃，知道那里黎明与暗夜的颜色是否和村子里的一样。

阿桃是能人，能在漆器上画画，画花鸟虫鱼，听说他画的花引来过蝴蝶和蜜蜂，他画的虫鱼被鸡误以为真，鸡硬邦邦的喙啄坏了一张崭新的斗柜。

阿桃还有独特的医术。有孩子早上起床莫名地害了红眼，孩子的母亲就带着孩子去阿桃那里请教偏方。阿桃两只冰凉的手捧着战战兢兢的孩子的脸，眯眼琢磨孩子的眼睛，又放开孩子的脸，抬头对着清白的天，半闭着自己的眼睛念叨，低声对肃立一旁的孩子的母亲说："窗角的那只蛛网，挑了就好了。"之后，这孩子的红眼转天就变得黑白分明了。

还有更厉害的说法，说阿桃能从一个病人身上散发的味道，断定病人的阳寿。据说他若是长久地盯着一个人看,这个人将遭遇诡异的事情。这些传闻使我在旷野遇见阿桃,就会低头迅疾走过,我对他的神秘力量心怀恐惧。但是野外的兔子、羊、鹿遇见阿桃,却只能在阿桃的咒语中挪步不得,傻呆呆地等着他的老猎枪伸到眉心。

阿桃还能把清凉的水转化为炽烈的电,电可以点灯,可以发动水车带动磨子。于是我们村子第一次不必依靠人推驴拉就能磨出细白的面粉,榨出芬芳的豆油。

有了这些,就算阿桃是老地主的儿子,也没人真心嫌弃自己村里的这个能人。阿桃时不时地仍会被戴上纸糊的帽子在村巷中被游斗,但游斗他的人显然在说自己是不得已的,因为被游斗之后的阿桃,当晚就会在自家门外发现两只鸡蛋,或一把挂面。阿桃望一眼村子,收下不知来自何人的馈赠,把心放到平展展的地方了。

水磨坊的磨子转啊转啊,金色的麦粒变成白花花的面粉,金贵的黄豆变成扁扁的豆饼,豆饼被挤压出清亮的芳香的豆油,油流进罐子里。阿桃的手指在罐子口抹一下,这根抹过油的手指会被阿桃放进自己的嘴里,十分享受地吮一下。日子犹如这一吮,自有它幽隐的芳香和甜蜜。

水磨的渠口,有一个退水渠,每当水磨停止歌唱的时候,水会从这里畅快地排出,在低处跌出一道十多米高的瀑布。某个清晨,阿桃在瀑布旁湿漉漉的乱石堆里,捡了八条青鱼,最小的,也有一拃长。阿桃望着瀑布,明白了鱼儿出水的真相。他欣喜极了,但他压抑住自己的欣喜,把它揣进心底。

这以后,水磨停歇的早晨,阿桃都会格外早起,走到那道瀑布边上,他看见有五条鱼在湿漉漉的乱石堆里等待他,有时是三条。其实只有一条,也是够的。

阿桃感恩上天的这份赐予,把不能言说的喜悦深藏心里,如果遇上活着的小鱼,阿桃会把鱼儿丢回水里去。

捡回来的鱼被阿桃去鳞、盐渍,用搪瓷盘紧扣在水磨坊的阴凉中,只待深夜完工,阿桃再从榨油机的油槽里控出一点点油,将鱼煎得金黄灿烂,或者把鱼变成一碗泛着奶白色光芒的鱼汤。鱼香飘在磨坊里，有穿越漫长岁月的能量。

要是有一个女人来分享我的快乐，该有多好！一个人守着一个不能说的秘密，日子久了，这秘密会不会撑破他的肚子？四野寂静，阿桃偶尔的一声慨叹，大概天听见了。

于是，一个落日熔金的黄昏，阿桃在磨坊门口搀扶起一个面黄肌瘦、蓬头垢面、衣衫褴褛的女人。阿桃给女人喂了水，喂了粥，女人醒了，却不会说话。不久，阿桃明白女人的不会说话是永久的。她是一个哑女。

哑女不说话，但哑女分明在说——

哑女说，她不走了。

哑女说，赶，也不走。

哑女说，她知道他是一个人。

哑女说，一个人加一个人，是两个人。又有一天，哑女说，可能还是三个人，或者五个人。

时间在这里陷入荒蛮。在一个男人和一个女人的世界里。

阿桃给哑女喝鱼汤。

是不是那些鱼汤的功劳呢？总之枯瘦的哑女迅速滋润起来，如桃树走出冬天进入春天，由不得阿桃赞美。

阿桃的目光越过哑女手中的鱼汤碗，看见哑女的嘴唇，娇艳正如四月的桃花瓣。

赶　花

陈　毓

　　管桩桩十七岁那年,管父以一个苍凉的手势作别了他十分留恋的阳世。管父是个养蜂人。现在,养蜂人死了,怎么办呢? 管桩桩能做的,就是子承父业,做养蜂人。

　　父亲每年赶花的时间和线路管桩桩和他母亲都知道。虽然他们没走过那条路,但彼此爱着的人,心和心是相通的,一个人的行迹会在另一个人心里留下印记。那么多年,管父赶花的线路画在他们心上了。现在,管桩桩就是把心中的线路在现实中用脚勘踏一遍。他知道在哪条路上、什么时间会有什么花在什么地方等着他和他的蜜蜂来。

　　一月底的时候,管桩桩和他的蜜蜂到达荆州。荆州的油菜花早的在二月就有开的;晚的,会开至四月。管桩桩在荆州待到四月底,五一前后转场至河南,平顶山、三门峡、陕县,在这段路程里,迎接他们的是一路的槐花。跟着槐花的脚步走,就赶到了山西高平。正是六月时节,高平的野生黄荆条开得漫山遍野都是。管桩桩有时会给一个诗意的比喻,说那是大自然的心花一朵朵开放了。

　　时间很快走进七月、八月。河南的芝麻开花了,他们就折回去赶芝麻花。

　　阳光、花香、温暖,似乎还有父亲的气息,淡淡的,有一点点甜。管桩桩想,在路上,自己的脚印没准会和父亲的脚印重叠呢,自己这回搭帐篷的地方,是否正是父亲上回停留的那片地?这样想的时候,管桩桩心里会有一片朦朦胧胧的幸福与安详。

九月到来,管桩桩他们就不去更远的地方了。他们当然可以一年在路上追着花走,一年都活在春天里,如果他们愿意的话。但是,他们在九月要做的一件事,就是回家。管桩桩一直在说"我们"。"我们",从前是他和他的蜜蜂,现在是他和妻子和蜜蜂。让妻子待在自己和蜜蜂之间,管桩桩心里的欢喜没法和外人道,但他就是这样排序的。从前,管桩桩回家是要看母亲,现在回家,是看母亲和自己四岁的儿子。

管桩桩是在独自赶花的第三年结的婚。管桩桩觉得自己的心旖旎如四月的油菜花田,但他是多么腼腆多么羞怯呵。倒是他的新娘大方、主动。她主动跟他说,她嫁给他,就因为他是个赶花人。她说,一个赶花人,成天跟那些花啊蜜蜂啊蜂蜜啊在一起,他的脸虽然被太阳晒得黑里透黑,看上去远比实际老,可他的身体是年轻的,心透明得像孩子。这样的男人不会对妻子不好,就算偶尔不好,也不过是小孩子赌气,不是大事。管桩桩仔细看妻子的脸,又拿起妻子的手翻来覆去地看,他觉得这个女人的话真英明,这个女人真了不得。

结婚第二年,他们一起上路赶花了。生活真好。管桩桩叹息一般在心里说。从前管桩桩听父亲说,做赶花人,就是"做神仙、做老虎、做狗"。所谓做神仙,是说养蜂人到了转场的地点,和周围村子的人关系打点好了,蜂箱卸好了,帐篷搭好了,天却下起雨来了,下雨蜜蜂采不成蜜,养蜂人没事干,就会穿着干净衣服去周围溜达,或者去另外的赶蜂人那里聚会喝酒,优哉游哉,仿佛神仙。做老虎呢,就是要赶场,要把蜂箱钉好装车,要卸车,在产蜜高峰期,要摇蜜,要起蜂王浆,忙得养蜂人跳着走,像跳老虎。至于做狗,是说常年颠簸的苦,到了转场地无处落脚的苦,在住户附近凑合的苦,不敢得罪地方上人的苦,活得跟只狗似的。但是,就算遇上这种种的苦,管桩桩都有心力去化解。自从有了妻子之后,他觉得自己简直有使不完的力。这点点繁难,算得了什么呀。

四月的一天，管桩桩在如海的油菜花田间忙着摇蜜，抬眼的间歇，看见一辆汽车一颠一颠地向自己这边开来，因为太忙，他没十分在意来人。他猜可能是来这里采风的艺术家吧，反正每年管桩桩都会和类似的旅游者、画家、摄影爱好者相遇。那人倒安静，顾自忙自己的，停车，选地方，搭帐篷。

黄昏收工后，那人来到了管桩桩的帐篷前，主动请管桩桩夫妇喝了点啤酒，吃了点铁盒子装着的食物。管桩桩就用蜂蜜水招待来人，还挖了一大勺蜂王浆劝客人吃。管桩桩说："你吃了吧，保管你这一年都不得感冒。"第二天，当他们又忙着摇蜜时那人开车走了，只把一顶帐篷留在半里外。

那人傍晚归来，果然带着如枪炮的照相机，折过管桩桩的帐篷，再次请他和妻子吃先一次吃过的东西，和他们聊天，问他们的收入，每年赶花的线路，零零碎碎的话。管桩桩问他是不是记者，他说不是。"那你是做什么的呢？"那人就在一个本上画了一座很好看的房子。"你是个盖房子的？"那人呵呵笑了，说："差不多，是收拾房子里面的。"管桩桩推测说："那你是个泥水匠了，刷房子的吧，这倒真是不像。"但是，就算猜错了又有什么关系呢。

第二天一大早，那人就拔帐篷走了。看着他的车子像来时那样一颠一颠地开走。"嗨，他倒是赶场赶得快呢！"管桩桩心里说。一个理想油然产生，并迅速生根，转眼枝繁叶茂。管桩桩想要一辆能装得下自己和妻子以及五十箱蜜蜂的大车子。那样，在往后赶场的日子里，车子就是他们的房子，是他们在路上的家，车子的样子大概就是大卡车的样子，改装后一边摆放蜂箱，一边做他和妻子的起居间。

那时候，自己就开着这车，带着妻子和蜜蜂，在晴空下追赶着鲜花的踪迹。他们到达的区域将会扩大，他们要从海南沿海北上，要去云南罗平、贵州安顺、安徽歙县、江西婺源、江苏兴化、甘肃陇南、新疆昭苏大草原，还要去青海湖，去陕西汉中……那都是他听别的赶花人说过的地方，他们夸说那些地方的美，说那里的油菜花田是世界上最动人的风景。

开着那辆车，追着赶着，没准他们就把中国走遍了呢。

自从有了这理想，管桩桩觉得日子真是空前的美好。

陈婶

赵 新

陈婶赶集回来,发现自己的菜园里丢了几个又大又鲜的西红柿,立刻就蹬着梯子上了房,黑了一张脸站在太阳地里骂。陈婶四十多岁年纪,身体壮,底气足,嗓门大,那张嘴又丝毫没有遮拦,不怕污染空气和环境,球球蛋蛋什么都能骂,祖宗三代都敢骂!

不过这一次陈婶立在房顶上骂街时,遇到了一点特殊情况:乡里和县里的六七名干部正在村里进行文明建设的检查和评比,所以有几个村干部悄悄地找到村主任,让他把陈婶从房顶上拽下来,别让她一块臭肉坏了满锅的汤,给村里抹黑!

村主任说:"别提她,一提我就头疼!这个人招惹不得,你越是拉拽她,她越是跳腾得厉害。这个母夜叉无可救药,神仙拿她也没有办法!"

村干部们说:"村主任,那就由着她骂?"

村主任说:"绑又不能绑,押又不能押,开除又不能开除。让她骂吧。"

村干部们说:"那不影响咱们村的声誉吗?检查组正在村里搞检查!"

村主任笑了:"你们放心,检查组正在睡午觉。等他们睡醒了,把他们领到村外的山头上,让他们参观咱们的植树造林、荒山治理……"

正是农历七月,天气热得出奇。陈婶杂七杂八污泥浊水刚骂了一个开头,早淋淋漓漓淌出满身大汗。陈婶想,今天我要恶骂巧骂,要骂痛骂准骂狠,但是不能时间太长,要提防中暑,中了暑还得花钱输液! 陈婶想,鉴于天气太热,动作不能太大,今天就不再拍着屁股跳着脚骂啦!

陈婶抹了一把额头上的汗水,踮起脚尖正准备再一次开骂时,突然看见二牛到房顶上来了。二牛是她的邻居,个头不高,面孔黝黑,因为小时候上树掏鸟从树上摔了下来,右腿落下了残疾,走路有些拐。二牛左手打一把雨伞,右手提一个篮子,满脸灿烂地笑着,悠悠地拐了上来。

陈婶惊诧道:"二牛,你干什么来了?"

二牛说:"婶子,我知道你从城里回来后还没顾得上吃午饭,就给你送饭来了。"

陈婶看见二牛提着的篮子里有一个饭盒,一只水杯,一双筷子。陈婶还闻见一股浓浓的香气。

陈婶说:"孩子,你快下去吧,婶子顾不上吃饭,婶子还没正式骂哩。"二牛放下手里的篮子说:"婶子,你不渴? 你不饿? 你不累? 你吃饱喝足了以后再骂,不是更有精神和力气? 家里只有你一个人,你得注意自己的身体;你要上了火闹了病,花钱不说,谁伺候你?"

陈婶的心猛地一颤,眼里就有泪水涌出来。这几年她看惯了冷眼、白眼、怀疑的眼、嘲笑的眼、贪婪的眼,却很少听见这么热乎这么体己这么通情达理这么实实在在的话。陈婶拉住二牛的手,哽咽着说:"孩子,你把饭拿走吧,婶子不饿,婶子吃不下去!"

二牛说:"婶子,你吃吧,你不吃我不走;你哄不了我,你的肚子饿得咕咕叫哩! 你坐下,我给你打着伞,太阳晒不着你!"

陈婶说:"你真让我吃?"

二牛说:"不是真让你吃我就不拐着这条腿上房了——这么热的天儿!"

在那片用伞撑起来的阴凉里,陈婶很快吃完了饭盒里的面条,喝完了杯子里的开水。陈婶振作了精神说:"二牛,这回你走吧,婶子记着你的好,婶子忘不了你!"

二牛说:"你不走?"

陈婶说："我还得接着骂，我不能让那些王八羔子白偷了我的西红柿！"

二牛说："婶子，别骂啦，二牛求求你。你的西红柿是我偷了，我媳妇怀孕了，想吃又酸又甜的东西，我就给她摘了几个——我实在对不住你！"

陈婶一听，拍拍屁股就下了房，对二牛说："孩子，婶子不骂啦，你媳妇想吃西红柿你就到我菜园里去摘，不用和我打招呼——谁没个良心呢！"

那天下午，村里很安静，小桥流水，鸡鸣狗吠，一片祥和。检查组走了之后，村主任把二牛叫到了村委会。村主任递给二牛一支烟，还为他点着火，说："兄弟，听说是你制服了陈寡妇。你小小年纪，好大本事！"

二牛红了脸说："村主任，那不叫制服，那叫说服。我有啥本事？我只是给她送了一盒饭一杯水一把伞……这种本事你也有，谁都有！"

村主任说："你为什么要给她送饭？我记得她以前没少骂你！"

二牛说："天气太热，我怕她搞坏了身体。她刚刚从城里回来就上了房，水也没喝一口！"

村主任说："陈寡妇的西红柿是你偷……不对，是你摘的吗？"

二牛说："不是，其实我看见是谁摘陈婶的西红柿了。我说是我摘的，她就不骂了，她就不生气了，这样对她好，对村里也好……"

村主任说："那对你好吗？"

二牛说："这点委屈我能受。陈婶一个人过日子，不容易！"

当天晚上，村主任给陈寡妇送去了十元钱，说是中午的时候，用她的西红柿给检查组的人做了鸡蛋汤。村主任说："大婶，这事我还没来得及告诉你，你就上房了，你是不是有点太心急了？"陈婶听了，愣在那里半天没说出话来，之后，哈哈哈地笑了。

你和别人不一样

赵　新

村委会主任赵小偏丢失了烟荷包。

赵小偏虽然很年轻，嘴巴上还没有几根像模像样的胡子，但是爱好特殊，特别喜欢抽旱烟，抽起来云啊雾啊的。平日出门办事，有时候忘了带手机，有时候忘了带钥匙，有时候忘了带钱，有时候忘了穿袜子，就是忘不了带上他的旱烟袋！他一路走来一路吸，烟荷包挂在烟杆上，垂吊在胸前，悠悠打转，在青山绿水的田野里，竟成了一道亮丽的风景，路人纷纷驻足观看！

可是他把烟荷包丢了！

丢了烟荷包就抽不成旱烟，就没有了那道风景，就兴味索然！

他后悔莫及地用拳头捶打自己的脑袋，嘴里念念有词："没出息，没出息，你怎么把你的烟荷包丢了呢？你怎么丢不了你的头，你怎么丢不了你媳妇？"

那天晚上，赵小偏在村委会的播音室用很诚恳的态度、很亲切的语言、很急迫的心情，播出了他的《寻物启事》。他说："尊敬的乡亲们，尊敬的爷爷奶奶大伯叔叔大娘婶子哥哥弟弟姐姐妹妹们，那只烟荷包虽然很小很小，虽然黑不溜秋，却是我的心爱之物，直接影响到我的生活和工作！"他还说："那只烟荷包还是媳妇在三年之前送给我的，那时候我们正在热火朝天谈恋爱，因此它又是一种礼物一种信物，具有宝贵的纪念意义和长久的收藏价值，实在丢失不得!"他又说:"乡亲们啊,不管你们哪位在哪里拾到了这只烟荷包,请给我送到家里来,我会用好茶好烟招待你们,感谢你们!"

他很激动。他广播了一遍又一遍。大喇叭一响,村庄周围的山山水水都有了回音,天上的星星月亮都知道他丢失了一只烟荷包。

广播完毕,他踏着朦胧的小路回家睡觉。村庄很静,秋风很爽,他望着灯笼似的萤火虫在身边绕来绕去,心情十分愉悦。他相信经过刚才那番广播,他丢失的那只烟荷包会很快有人送上门来。

可是媳妇很不高兴。媳妇说:"你瞎吆喝什么? 吃饱了撑的!"

他说:"你没听清楚吗? 我在找我的宝贝呀!"

媳妇说:"那么一只烟荷包,丢就丢了,扔就扔了,我再给你缝一只就行了,值得你搞得鸡犬不宁、惊天动地?"

他说:"有那么严重吗? 我不过多说了几遍,嗓门儿大了些……"

媳妇说:"你怎么还不明白? 你和别人不一样,别人丢了东西可以随便在喇叭上吆喝,你不行! 你还说那只烟荷包是我送给你的,既是礼物又是信物,哪有这么回事? 你说的不是梦话、疯话吗?"

他笑了:"媳妇,我那是为了强调这只烟荷包的特殊性、重要性,是为了让乡亲们把拾到的东西送回来! 你知道这是假的,别人肯定相信这是真的!"

媳妇说:"你就这么糊弄村里的乡亲? 你不怕乡亲们糊弄你呀!"

他说:"这也不叫糊弄,就是夸张了一点点,艺术了一点点吧!"

第二天早晨,他拉开那两扇大门的时候,二狗媳妇早在门外等他。二狗媳妇双手捧着一只绣了鸳鸯的烟荷包,像阵风一样旋进院里,旋进屋里。二狗媳妇笑容满面地说:"主任,你说巧不巧? 你的那只烟荷包偏偏叫我拾着啦,就在咱们村北的大路旁边! 常言讲,货见本主会说话,你看看是不是你的呀?"

他把那只小巧玲珑、色彩斑斓的烟荷包接了过来,心里好一阵兴奋,好一阵幸福! 这只烟荷包当然不是他的,他的已经旧了,还破了一个小洞,而且没有绣任何图案;这一只是新的,布料绵软,针脚细密,拴着一根红头绳一根绿头绳,鲜艳得有些耀眼!他想摇摇头,把这个精灵一样的物件儿退给二狗媳妇,可他实在喜欢这只有了生命的灵动的烟荷包!他想,如果把这样一只造型美观、典雅大方的烟荷包挂在自己的烟袋杆上,垂吊于胸前,悠悠打转,流光溢彩,那是多么富有诗情画意,多么让人惊羡感叹!说不定那两只栩栩如生的鸳鸯会飞了下来,缓缓地落在乡亲们面前!

他反倒点了点头,含糊其辞地说:"好,好,雪中送炭,雪中送炭!"

二狗媳妇说:"主任,既然是你的烟荷包,我就放心啦,我就没有白来!我也不喝你的茶,我也不抽你的烟,你记着,算我对你做了点贡献!"

二狗媳妇走了,三牛媳妇来了。三牛媳妇手里捧着一只绣了并蒂莲的烟荷包,恭恭敬敬递给他,说是在村南的小路上拾到的。他有心把它退给她,可他发现这只巧夺天工、锦上添花的烟荷包比二狗媳妇送来的那只还要精美,还要光彩夺目!他犹豫了一下,还是笑了,还是点了点头说:"好,好,雪中送炭,雪中送炭!"

三牛媳妇心满意足地走了,走的时候也是满面春风地说:"不喝你的茶,不抽你的烟,你是村主任,算我做了一点点贡献!"

这天早晨,村主任赵小偏收到了八只色彩缤纷、巧夺天工的烟荷包。

媳妇问他:"你说,哪一只是你的?"

他不说,他光笑。他放下这一只又拿起那一只,拿起放下,放下拿起,他的眼前一片花团锦簇,一片光辉灿烂。

媳妇说:"你和别人不一样,明白了吗?"

媳妇说:"你不是糊弄别人吗?看看谁被糊弄了?"

媳妇说:"人家还都嘱咐你,这是贡献!"

一只烟荷包从院里飞进屋里,落到了他们面前的桌子上。这只烟荷包黑不溜秋,旧了,还破了一个小洞,一看就是他丢掉的那只。

村主任朝门外一瞅,是爹站在院里。

剃脑袋

赵　新

　　我小时候理发不叫理发,叫剃脑袋:村子里不管谁的头发长长了(当然他得是个男人或者男孩),一律要拿刀子剃,一律要把脑袋剃得精光精光。剃的过程很简单:在锅里烧上两瓢水,水热了,舀到脸盆里,把头发来来回回洗一洗,然后往墙根儿一坐,给你剃脑袋的人就下了刀子。他们手里的刀子都是铁刀子笨刀子,刀背厚,刀刃又钝,那不是剃而是刮,咯吱吱,咯吱吱,一刀一刀挖下去,疼得入骨,疼得钻心!

　　我是村里最怕剃脑袋的人。看见有人剃脑袋,我就想到了杀猪,猪被杀死之后要用开水烫,然后把毛刮下来,露出白嫩的肚皮和脊梁,和人剃脑袋有些相仿。可是害怕剃也得剃呀,想躲也躲不过去呀!

　　1947年,我长到了8岁。那年夏天我该上学了。

　　爹知道我害怕剃脑袋。爹和我商量说:"二小,眼看你要上学了,把你的脑袋剃剃吧!"

　　我说:"不剃,剃脑袋和上学有什么关系呀!"

　　爹说:"剃剃看着清秀啊!你三个多月没剃脑袋,看着像个闺女啦!"

　　我说:"闺女就闺女,闺女人家也让上学!"

　　爹说:"二小,是学校的老师让你剃脑袋的,老师说给我好几回了。你剃不剃?"

我含着满眼的泪水和爹达成了协议:第一,剃。第二,要请村里的赵清水大叔剃。清水大叔是剃头高手,赫赫有名,全村子人都说他的刀子快,刀法好,下手轻,剃脑袋一点儿都不疼,还很舒服。第三,剃的时候爹要在旁边守着我,给我壮胆,因为四十岁左右的清水大叔身材魁梧,方脸大眼,威风凛凛,嗓门洪亮。往他跟前一站,我有些胆怯!

爹一连请了三次,才把清水大叔请到我们家里。爹悄悄地告诉我,清水大叔很不愿意到我们家里来,说一个七八岁的孩子也要点名让他剃脑袋,他剃得过来吗?你们有多么了不起?爹告诉我,一会儿剃脑袋的时候要和清水大叔配合好,人家怎么说,咱就怎么做;人家是白给咱剃,咱不能挑鼻子挑眼……

爹一言未了,清水大叔来了。

那是中午,庄稼人歇晌的时候。听说清水大叔要给我这个孩子剃脑袋,院子里围了不少人。我们院里有棵伞一样的老槐树,树凉很大,树荫很浓。

我在板凳上坐着,清水大叔在我眼前立着。他围着我转了一圈,然后用手拍拍我的后背说:"挺直了,把腰挺直了!男子汉,你怕什么?"

我十分紧张。我说:"大叔,我胆怯……"

他哈哈大笑,把刀子一晃:"胆怯什么?我剃脑袋不疼!"

他一刀下来,我的脑袋上"沙"的一声,一绺头发落在了我的衣襟上。我又毫无缘由地想起了杀猪刮毛的场景,身子就抖了一下。

清水大叔不高兴了:"你抖什么?你抖什么?"

我怯怯地说:"疼!"

清水大叔更不高兴了,连着给我刮了几刀:"你大声说,是真疼还是假疼?"

我说:"真疼。哎呀,越来越疼!"

清水大叔恼怒了,收起刀子对我爹说:"赵清和,你看见了吧?当着这么多乡亲的面,你儿子砸我的牌子,坏我的名声,臭我的手艺,这脑袋我不剃了!我剃过的脑袋比地里的西瓜都多,谁说过疼?"

爹赶紧伸手拉他："兄弟，你别和我家二小一般见识，他还是个孩子……"

清水大叔扬长而去，我的脑袋刚刚剃了一半。

院子里的人嘻嘻哈哈地走了，留下一只母鸡在那里悠闲地转悠。

摸着我的"阴阳头"，那天下午我没敢出门。爹下地之前说给我，别哭别闹别上火，晚上他一定想办法，把我那半个脑袋上的头发剃干净。

那天晚上月亮很大很圆。我们刚放下饭碗，清水大叔就气喘吁吁地跑到我们家里来了。他给爹深深地施了一个礼说："哥啊，对不起，难怪孩子说疼呢，原来是我拿错了剃脑袋的刀子——这把旧刀子我好几年不使了，孩子能不疼吗？"

于是我又坐在了板凳上，清水大叔又拿起了一把剃头刀。

明亮的月辉里，大叔问我："二小，疼吗？"

爹在旁边咳嗽一声，我赶紧说："不疼，不疼，挺舒服！"

清水大叔说："疼就忍着点儿，剃脑袋哪有不疼的？他们说不疼那是糊弄我，抬举我，他们有他们的用心；不过就是疼，你也不能当着大伙儿面说，你懂这个道理吗？"

非典型春夜

孙春平

晚饭撤桌时已不早，又陪客人唠了一阵嗑，看客人捂了嘴巴打哈欠，女人便扯了一把男人，说："天不早了，咱们回屋吧。"又指指卷在一起的行李对客人说，"被褥我铺好了，你们放开睡就行。"客人不再客气，对女人说："今儿都没少喝，你扶着点老弟。"

客人来的是三位，核心为一人，另两位是随从，秘书和司机，小汽车就在院心停着呢。客人官不小，堪比古时州牧。人家说来"五同"，同吃同住同学习同劳动，还要和村民一同研究致富项目。

两人到了东屋，女人闩了门，拉上了窗帘，站到放在板柜上的被垛前发了一阵呆，问："最上层是你的吧?"

男人嘟哝说："我们两口子是睡一被窝。"

女人的脸腾地红了，低声说："这个你休想。一两晚上的事，不过是演演戏。"

男人也红了脸，吭哧说："看你——想哪儿去了。我的意思是说——你随便扯下哪床盖都行。"

"那你呢?"

"我抽抽烟，等天亮吧。"

"老虎打蔫可不行，明天领导还要咱们陪着同劳动呢。再说，谁知夜里抽冷子会来什么事,真让他们看出差头,那可坏菜啦。你没看电视剧《潜伏》,那男的和假媳妇进了家,还故意摇晃一阵床呢。"

女人把被褥铺好了,是两床,并排挨着,然后脱去外衣外裤,裹着贴身的绒线衣钻进了被子。男人则将自己的被子卷上去,盘腿坐下,又卷老旱烟。

男人说:"你的心可真大,不怕老爷们儿的牲口劲儿上来呀?"

女人说:"大哥真要是那种人,这个任务我也不能接。"

男人说:"是不是那种人,也好说不好听。俺家那口子真要连夜跑回来,这裤裆里的泥巴,不是屎也是屎。"

女人说:"县城离这儿几十里呢,夜里又没班车,她咋回?"

"可你家俺妹夫就在村里,真要有事找你,也就兔子一窜垄的事。"

女人冷笑:"你以为乡官和村干部们在家睡大觉呢?都接了任务围着你家放哨巡逻,说是要保证领导安全,整夜的。就是眼下俺家有天大事,怕他也难过封锁线啦。你不睡,俺也得关灯啦。"

男人叹息了一声,仍坐着,说:"关就关吧,你再陪我说说话。你说,一个市足有好几百万人,这个领导咋偏看中了我家呢?"

"领导在饭桌子上不都说了嘛,看你在大棚种山野菜有了效益,报纸上还登了你干活时的照片,才奔了你来。领导这叫总结经验,全面铺展,不懂啊?来了你也没亏,咱就不说乡里事先给你家拉来的那么多面、鱼、肉啦,光那三个人的铺盖,都是名牌,里外三新的,哪一套不得几百上千。他们用过了,还能带走呀?"

"也不是我得了便宜又卖乖,咱庄稼人,还能指靠这个发财?我只是纳闷,怎么偏赶这当口,俺家那浑小子在学校犯了事呢?那事看来还不小,非得逼他妈扔下家,立马赶到县里去,不然明天就不让上学了。"

女人想了想,翻身坐起,低声说:"那我就给你交个实底,你儿子没事,有也是屁大的事,风一吹,连点味儿都留不下。你尽管放心睡觉就是。"

男人吃惊了:"你咋知道?"

女人说:"这事要怪,也只能怪你家大嫂那张嘴。今儿晌午那顿饭,坐在炕头上的是县领导，人家是预先来打演习的。可你想想嫂子都说了些啥，不是骂村里的虮子官，就是对乡里县里的干部有意见。不然，县领导也不会让我这个村妇女主任替补来演这出戏。人家是怕市领导来了，大嫂顺嘴胡说惹麻烦。"

男人愈发不解了，说："电话确实是校长亲自打来的嘛，我接的，说我家那崽子夜里溜出学校去网吧，不趁早管教了不得，那瘾养成了跟吸毒一样祸害人。"

女人说："校长打电话又咋！他不过是奉命行事，调虎离山，调的就是大嫂这只母老虎。"

男人不言了，一口接一口地紧吸烟，烟火在黑暗中忽明忽暗地闪。女人用被角揩住了嘴巴，很快，小呼噜响起来了，但不重，像催眠的夜曲。

夜深了，不时传来几声狗叫。男人终于抵挡不了倦意，歪着身子倒在枕上，嘴里还骂了一声他妈的，也不知在骂谁。

突然，西屋传来响动，灶间也亮起了灯光。男人和女人都听了命令般翻身坐起，女人揉揉眼，也拉亮了灯，故意大声说："当家的，快起来，看看是不是哪位领导有事情！"男人下了炕，女人急扑过去，三下两下扯开他的大棉袄衣襟，又拍拍男人的裤腰。男人会意，将棉袄脱下来披在肩上，又解开裤带将裤子提在手里，趿着鞋，打着哈欠出去了。过了一会，男人回来，说领导是起夜解手。女人仍大着声音说："不是备下了痰盂吗，就用呗，不怕感冒啊。"男人说："城里人不是不习惯嘛！"女人说："那你快钻被窝，病了我可不伺候你。"男人挤眼笑了笑，裹了裹衣襟，又歪到枕头上去了。

总算熬到了天亮，女人做早饭，客人们忙着刷牙洗脸。吃早饭时，领导说，省里通知开会，吃完饭我们就要回去了。男人问："不是还要去大棚吗？"市领导说："等有空，我们再来。"

小汽车开出村子后，女人从西屋慌慌跑出来，手里还拿着一张照片，说："坏了坏了，露馅了，不然这张照片怎么裹进了领导的被子呢？"男人接过照片看，全家福，是他和媳妇庆祝儿子考上县高中时照的。他眨眼想了想，说:"想起来了,我家小子把照片夹进书里,随手压在了炕头席子下,怎么就到了被子里去了呢?"女人说:"领导夜里睡不着,就翻出来了呗。"男人说:"他肯定看出来了吗?"女人说:"除非是傻子。"男人说:"那他为啥啥也不说呢?"女人想了想说:"他不说,咱们也不说,跟谁都不能说,记住没?"

破　案

孙春平

　　大山里的输电线遭人破坏，拦腰割走了上千米。山民们不怕夜晚的黑暗，没电可以点油灯嘛，但正是春播抗旱的时节，抽水机一下卡了脖，吐不出水来了。村民们不能不急得嗷嗷叫骂。

　　县农电局急派人下来安装电线，公安局也来了警车。警车在大山里转了一天，留下两名嘴巴上还没长毛毛的实习侦查员，同时留下的还有一句话，让两名年轻的警察接受乡派出所所长老焦领导，限期五天必须破案。警车开走前，老焦扯住刑警大队长的袖子说："我们山里穷，你只留期限，不能不留点儿办案经费吧？"大队长便从怀里摸出一叠票子，说："这是一千元，缺不补，剩不退，但破案期限没商量，不能让村民们骂咱们白吃饱。"老焦笑着应："五天后你来警车押人吧。"

　　老焦叫焦凤臣，当警察老了点，年过半百，一头花白的头发，满嘴巴的络腮胡须扎蓬着，也不说刮刮。听说当年老焦曾是县刑警大队的骁将，可老婆有病，一个人在山村里拉扯着两个孩子，老焦只好主动请求到了大山里。两个小警察一进山就看出来了，大队长对老焦挺恭敬。从案发现场出来，大队长说坐车转转。老焦说："你们去转吧，我到屯子里看看。"大队长便由他，似乎他真能看出什么猫猫狗狗的蹊跷。

　　出发时，老焦把派出所的另两个人也叫上了，只留一个人在家值班。几人直奔梁东村,一屁股坐进村委会,慌得村委会主任一再问什么事。见老焦不说,其他几人也不吭声,只是喝水抽烟扯闲话。看看太阳压山了,老焦突然起身,带人直奔了山坳里的郭奉全家。郭奉全是个六十多岁的老汉,枯瘦苍老,一条腿还有些瘸。这时辰,郭奉全正和老太婆蹲在锅台边摸着黑咬大饼子喝菠菜汤,见一标警察闯进屋,登时都呆呆傻傻地僵住了。

老焦问:"你儿子郭大林呢?"

郭奉全吭吭哧哧地答:"出了正月,就出去打工了。"

老焦又问:"去哪儿打工啦?"

郭奉全答:"满世界地转,也不往家写封信,我哪知道。"

老焦冷笑,说:"前几天村里还有人见过他,听说为要钱还跟你吵过架,你没跟我说实话吧?"

郭奉全怔了怔,便跳脚骂起来:"是谁烂屁眼儿的乱喷粪,我儿子回来我咋没看到?"

老焦不再跟他计较,使眼色唤过派出所的两个人,附耳低言,又大声吩咐:"没有我的话,谁也不许擅离半步,饿了我会派人去换岗。"两人应诺着去了。看看天色彻底黑下来,老焦又问:"肚皮里都打架了,也不知为我们做点饭?"郭奉全看了老太婆一眼,偬哼哼地说:"这年月还派饭呀?饿了找村里去,跟我说不上。"老焦抹了一把乱胡子,说:"事是你儿子做下的,我找村里干什么。"说着,起身出了房门,就听院里的羊叫起来,待郭奉全惊愕地要往门外冲时,老焦嘴里叼着一只血淋淋的匕首,已将一只死羊拖进屋里,对两个小警察说:"我剥皮,你们去抱柴刷锅,有肉吃,有汤喝,还怕饿着啊。"郭奉全心疼得大叫:"你、你们……凭什么?"老焦不急不恼地说:"不交出犯法的儿子,活该!"

第二天清晨,郭奉全要赶羊上山,老焦立在院门前拦住了,说:"不就是几只羊嘛,饿了我给它们找草行不?"郭奉全又要上山种地,老焦命令小警察:"你们轮班跟着他,人盯人,绝不能让他走出你们的视线。"

这天傍晚,郭家院栅上又张挂了一张羊皮,铁锅里咕嘟的膻香之气飘荡在山坳的上空。郭奉全没等走进家门，就哭得老泪横流，说："杀吧杀吧，还不如把我杀了呢。"

如是这般，一天一只。当杀掉第四只羊时，两个小警察心里不忍，也不忿，一齐对老焦抗议，说这哪是办案？这是祸害无辜，殃及生灵，而且破案期限也眼看到了，可没有时间再这样瞎闹了。老焦吃饱喝足躺在热乎乎的炕头上，说："急个球，交不出犯罪嫌疑人算破案啊？"小警察又偷偷用手机打回局里，大队长说："那老焦，歪嘴吹喇叭，专会玩邪（斜）门，你们稳下心，等着吧。"

郭家穷，值钱的只有七只羊，再有的就是锅碗和炕上的两床破被子。郭奉全的儿子不着调，好喝又好耍，手里没钱时常回家闹。郭奉全把七只羊当成命根子，不是护得紧，早被儿子卖掉了。当院角只剩孤零零的两只羊时，又瘦了一圈的郭奉全看了看蜷在炕角的老太婆，说："交了吧，不然这个败家精也该饿趴架啦，顾不得他了，咱老两口还得活命呀！"

郭大林是从大山里的一个深洞中抓出来的，守着那堆不能吃不能喝的残损电线，果然已饿得连走路都打晃了。警车拉着犯罪嫌疑人再返回郭家门前时，老焦将一叠钱放在郭奉全的粗掌上，说："五只羊，一只二百元，这可是顶天的高价啦。五张羊皮，你快找人熟熟，算作对你举报有功的奖励。虎毒护子，人之常情，我就不追究你的窝藏罪啦。"

在押解郭大林回县城的路上，两个小警察钦佩地问："那个老郭头要是再扛两天可怎么好？一千元不够赔啦。"老焦哈哈一笑，说："期限可是我跟大队长要的，我算计的他就能扛五天，再扛，我自个儿掏腰包呗。"

出水两脚泥

孙春平

在獾子沟村人的眼里,曲胜宽是个能人。被视为能人的依据是,当年数十名青壮劳力走出獾子沟,四面八方,各展身手,蛇走蛇路,狐走狐径,后来一些人陆续回到村里来,或一身伤病却两手空空,或逢年过节带回几个酒肉钱儿,老婆孩子没乐和几天,穷日子还是外甥打灯笼——照旧(舅),还有的回来大骂城里人奸损刁坏想方设法地欠着别人的血汗钱,只有曲胜宽挺胸腆肚地回来了,回来就盖起了五间大瓦房,还开回来一辆三个轱辘的农用车。那大瓦房一砖到顶,塑钢窗户,明亮宽敞,在獾子沟,虽不能说是羊群里的骆驼,但起码也算条毛驴,再不济的毛驴也比草羊大。就为这,前年冬天村委会改选时,人们便把主任的选票投给了曲胜宽。大家信了他在竞选演说时说的话:"在三年任期内,我要把黑色路面连到村里来,我还要把风一吹就要倒的村小学校翻盖,完不成这两宗,那往后孩子们就到我家的大瓦房里上学吧!"

这两宗可不是气吹的,估摸最少也得几十万。可獾子沟穷啊,要厂子没厂子,要闲地没闲地,庄稼人光靠土里刨食,地窖里认针,哪有个亮啊?

这不,时间说是三年,眨眼就过去近半了,谁也没见说过大话的曲胜宽有什么隔色样(特别)的作为,倒见他打发儿子成天开那辆三腿驴,在外面挣回些辛苦钱,日子比别人家过得滋润些。这般仨月俩月的还行,时间一长,人们难免就有闲话了,说哪承想,人到山外跑一圈,别的本事没见长,光学会了忽悠啊!还有人说,别说光会忽悠,还会了溜须舔腚呢,没看人家连妹子都豁出来了,那可算溜须到家了。话传到曲胜宽耳朵里,他只是嘿嘿一冷笑,说闲嗑哒牙谁不会,出水才见两脚泥,等着吧。

关于妹子的事是这样。去年,有一次曲胜宽去乡里开会,听说乡长的老娘摔坏了腿,正四处张罗找保姆,曲胜宽便大包大揽把这瓷器活儿接了下来,他的金刚钻竟是他妹子。妹子进了乡长家,没两天就回来抹鼻子,说乡长太小抠,伺候老太太又是屎又是尿,一月才给三百元钱,换个人家最少也给五百。曲胜宽哈哈笑,说:"不就是差二百元钱嘛,这事我兜底,你只管去干活吧。"这话再传出去,曲胜宽的人性在淳厚的乡人眼里便大打了折扣,不值几个钱了。

今年春上的一天,曲胜宽正在村里为种子田的事跟种子公司的人打叽叽,忽然接了一个电话,放下话筒就喊心口疼,他让别的村干部接着谈,自己撒丫子就跑了。人们再见他的身影是在晚间市电视台的新闻联播里,曲胜宽果真病了,躺在槐林村卫生所的病床上打点滴,委委顿顿英雄气短的样子。槐林村挨着乡里,离獾子沟十几里呢。

村干部也就是个虮子大的官,别说病了,就是撒手西去,也是难上电视的。曲胜宽借的是大领导的光,那天,正巧市长去槐林村卫生所视察基层农民就近就医的情况,陪同的有乡长。电视上的再一个镜头就是市长坐在病床前,紧拉着曲胜宽的手嘘寒问暖了。曲胜宽要坐起来,市长拦阻着不让,接着就见曲胜宽嘴巴在动,挂着点滴的手也在不住地比画,至于他说了什么,电视上可没播放,反正他和市长聊得挺亲热,挺欢实,说得市长直点头,这是有目共睹的。

正巧?一脚踢出个屁——赶裆(当儿)上了吗?村人们想起了曲胜宽接过的那个电话,便对这个村官的人性越发地打了个大折扣:啊呸!

半月后的一天,獾子沟村突然开进了几辆小轿车,锃明瓦亮,耀人眼目。跨下车的有市长,有交通局长,据说还有一家什么大公司的老板。曲胜宽鞍前马后地跟着跑,那一晚的电视里便再有了他的镜头。播音员还说,獾子沟村将成为市里新农村建设的一个帮扶点。领导们看一圈就走了。很快,又有两拨人马先后开进来,一拨带着筑路机,另一拨进村就扒旧校舍,轰轰隆隆,尘土暴扬,好不热闹。小学校的孩子们果然就先搬进曲胜宽家的大瓦房上课去了。

村人们傻眼了,人比人得死,曲胜宽的这坑水太深,耗子操牛——玩得也太大。不出水,真是难见两脚泥呀!

曲胜宽又放出话来:"修校舍筑村路只是万里长征走下的第一步,下一步,獾子沟也得一村一品啦!咱的一品,就是种植五味子,我都打听好了,这东西,正适合咱这一带山区种植,不光国内好卖,连日本、韩国、东南亚都大张着口袋呢。可万事开头难,种植五味子,最少三年才能见收益,头三年,大家就得勒紧裤带吃点苦了,过了三年,我保证家家年收入翻一番,再过三年,还翻一番。我这设想,市长非常支持,他说一年最少要来咱村看一次呢!"

可村人们仍觉曲胜宽有些忽悠。铁打的营盘流水的官,那市长要是有一天突然调走了呢?咱小百姓勒紧了裤带还勒脖啊?

夜生活

韩少功

　　老乐跟着罗会计进城，去县里某机关办一个手续，二人一同乘电梯来到大楼顶层。这时候，一定是罗会计要找乐，坐在那里等人的时候，觉得椅子很无趣、墙壁很无趣、自己的手指头还是无趣，便生出一个坏主意。当时的情况是这样的：老乐坐立不安，朝电梯那边看了看，说刚才那个大盒子被我们搞上来了，还没搞下去，后面的人怎么上楼呢？罗会计一听，明白对方肯定是头一次乘电梯，便生出几分焦急，说："也是，还真是，你想得周到，快去摁一下'1'键，把大盒子放下去，你再从步行梯上来。"

　　老乐很憨厚，照对方的指示速办，后来气喘吁吁爬上楼时，发现对方正击掌大笑，才明白自己当了一回傻子。

　　两人办完事，去汽车站乘车回家。这时候，一定是老乐想解闷，觉得水壶很平淡、馒头很平淡、手中一把雨伞更是平淡，也生出一个坏主意。他捅了捅罗会计，说："车票应该是一个样吧，我看看你的是什么样。"他接过罗会计的票，正好靠近检票口，一举票，进去了。可怜罗会计刚回过神来，已被拦在检票口，又被身后几个乘客拥挤和推搡，急得跳起来大叫，两眼瞪得铜钱大。过了好一阵，气急败坏的他才举着一张票，急匆匆登上车来，接受老乐递过去的车票钱。

　　"一个读书人，没买票就想混进来，太不像话了吧？"老乐这一次也击掌大笑，高兴对方也当了一回傻子，"没钱就找我借嘛，死要面子活受罪！"

两人各有所乐，但回村后各奔东西，种菜或者喂猪，好像什么也没发生。入夜，罗会计摇一把蒲扇，在村头村尾转了一圈，想必是睡意尚无，精神正好，得再找点什么玩玩。回想起县城里的高楼大厦和车水马龙，觉得这里白天是青山连青山，晚上是黑山连黑山，几条亘古不变的山脊线真是让人寂寞，忍不住叹出一口气。

他挠了挠头，心生一计，遂邀了几个后生，说："老乐今天发了财，买了一双女式袜，了不得，了不得，得去打鞭炮送恭喜。"

后生们最乐意上门起哄，既是礼数周全，又是热闹取乐，还可能赚来烟酒糖果，让夜晚变得比较有滋味。因此，这些年来村里喜事大增，或者说贺喜标准一再降低，造成小店里的鞭炮总是供不应求。以前只有生子、建房一类大喜可贺，但眼下任何小喜也不能落下，考上高中或受到奖励就不用说了，买辆摩托车，买台电视机，甚至打一个柜子，也都统统变得意义重大，如同丰功伟业，得全民共庆，引来各种忙碌和闹腾。

不过，但是，然而——老乐买袜子这事是不是也太小了一点？有些后生眼里透出困惑。

罗会计瞪大眼，挥一挥手："笑什么笑？你们知道那是什么袜？卡通的，弹力的，三 G 的，推荐指数五个星！"

后生们听不懂三 G，听不懂五个星。但不懂就对了，眼下凡听不懂的就时髦，就高贵，就爆红，听得懂的反倒喊不上价。大概科学技术又有了发展，不但药丸听不懂了，布料听不懂了，如今连一双袜子也能"G"了。能"G"的东西，肯定能美容、抗癌、防衰老、降血压、燃烧脂肪、开发智力吧？说不定还能带来买彩票和打麻将的运气吧？

大家想象了一番，惊奇了一番，疑惑了一番，终于觉得袜子确实非同小可。可恶的老乐，平时不抽烟，不喝酒，拿一根草绳当皮带，拿一个塑料袋当雨伞，是一个恨不得一分钱掰成两半花的家伙，如今也奢侈和腐败，居然还想瞒天过海混过去？是可忍，孰不可忍！大家凑钱买下鞭炮，兴冲冲一路吆喝杀向老乐,暗含一种同仇敌忾的意味,一种要富就大家共同富裕,断不容擅自独行的意味。

接下来,那一家狗叫了,灯亮了,门开了,老乐探出头,在火光四射和硝烟弥漫中睁开迷糊的双眼,不知道发生了什么事。待得知众人来意,才咬牙切齿地一跺脚:"你们无聊不无聊?歹毒不歹毒?魔障不魔障?你们放什么鞭炮?想灭门就扛刀来啊,要拆屋就开推土机来啊……"

但骂归骂,吵归吵,既然贺客们已经进了屋,已经入了座,鞭炮也没法打包退货,东家纵是悲愤满腔,伸手也不能打笑脸人的,只好暂时接受隆重的喜庆。他老乐确实买了袜子,能"G"的袜子,一双不寻常的袜子,属于超前消费,出人头地,光宗耀祖,不能不有所表示。花钱换体面,其实也不算什么坏事。不过,他这一天实在毫无准备,家里既无酒,也无猪肉和鸡蛋,在橱柜里找了好一阵,只找到几斤面条。这面条本是留给外婆的。老乐一咬牙,只好挥挥手,让老婆去灶下生火。

片刻之后,屋里热气腾腾,碗筷叮叮当当,还有嘴巴和嘴巴嗖嗖的吸面声此起彼伏。后生们吃得兴起,高声大气地又要酱,又要汤,又要辣椒,又要葱花,催得主妇团团转,撞倒一张椅子,差点摔了一跤。

好,很好,这个夜晚算是比较有意思了。

"喂,三贵家昨天还装了一个卫星电视接收锅。"

"金河爹前天还买了一只喷雾器。"

"我听说,志良他大婶说要去买一条围裙。"

…………

食客们纷纷提供最新情报,挑选下一个祝贺对象。至于是否要确定统一的接待标准,也进入了他们复杂的协商和权衡过程。正在这时,门外又响起鞭炮声,大概是消息传开,又一拨儿后生从夜色中拥出,也来老乐家凑热闹了。

……十六、十七、十八。已经端出最后一碗面条了,已经听到勺子刮锅底的声音了。不用说,听到新一轮鞭炮声,老乐面色惨白,忙从后门溜出。

是去告借，还是逃难，或是魂飞魄散时走错了道，意思不大明白。倒是主妇还淡定，端一大汤锅，噔噔噔冲出厨房，往大桌上狠狠一撖："好，来得好！不就是为了这个死尸吗？你们都不要走，今天非吃了它不可！"

大家朝锅里一看，发现面汤中只有一双袜子，顿时哄堂大笑，没注意主妇揪住鼻子，泪光闪动，匆匆跑开去。

田野风情·小年过了是大年

端 午

包兴桐

过了三月三，我们踩下去的双脚，伸出去的双手，总觉得有些发痒——我们知道，蛇出洞了；等到茶叶开张，杨梅坐果，就感觉身子也是痒痒的——我们知道，虫子上山了。

好在，重五——我们这儿管端午叫重五——就到了。我们可以喝雄黄酒，洗艾草浴，剥鸡蛋，家里还炒重五盐，门上还插着艾草，挂着菖蒲，这些，都叫我们放心。当我们离开了大人肃穆的说教，提着五色线蛋袋，拎着一对粽子从家里跑出来会集到大屋院场上的时候，我们总觉得，这重五节，是给我们小孩子过的。大人们给我们喝一汤匙的雄黄酒，说是再也不怕蛇了；叫我们好好洗个艾草浴，说是再不怕虫子了；叫我们剥个咸鸭蛋，说是皮肤光滑再不怕起疙瘩了；有了重五盐，再不怕晒太阳泡清潭拉肚子了；门上插上艾草挂上菖蒲，白天不怕空房夜里不怕鬼叫门了……这样的重五节一过，我们就觉得，眼前展开的长长六月天，再也不怕什么，满心满眼只有期待。

但也像所有的节日一样，一村子的人，并不是每户人家都会把这重五过得圆圆囵囵，光光鲜鲜。像大伯家，每到过节，他们总要打个折。重五到了，堂哥堂姐在院子里一站，孤零零的，没有粽子，没有蛋袋，手里就拿着那么个像鸟蛋一样可怜的白皮鸡蛋。重五了，他们家就吃一顿炒糯米饭。大伯说："反正粽子也是糯米做的，包起来吃，炒起来吃，都是吃到肚子里，不如省了麻烦。"当然,如果照爸爸的意思,也会是这样,爸爸和大伯是一路人。他一看到妈妈逢年过节摆弄这摆弄那,这也要那也要,他就来气,他就把门关得像打雷,把碗翻得像过老鼠,把楼板踩得像地震。他看到我们宝贝似的提着五色线蛋袋晃来晃去,就更气了,瞄了我们一眼,阴阳怪气地说:"提什么提,还不赶快把鸡蛋给嚼了。"可是,我们舍不得吃那鸡蛋。染了红色的鸡蛋,装在五色线蛋袋里,像一个小小的灯笼,又像一块大大的宝石,谁都舍不得剥了吃。就是斗蛋,也是点到为止,谁还会真拿宝贝当石头碰呢。

每过一个节,我们都会有意无意地围在妈妈的身边。看她把艾草和菖蒲用红绳子扎好,仔仔细细地在门上插好挂上,像是在装扮新房;看她灵巧地翻折着粽叶包出各种样式的粽子;看她用五根线打几个结就编出五色蛋袋,然后把用红花藤煮的鸡蛋放在蛋袋里递给我们。妈妈的手在村里是最巧的,过节时总会有许多女人围着她讨教这讨教那。最好的是,妈妈乐意显示她的巧手,把它变成我们家的热闹、骄傲、变成我们的享受。她包粽子,就经常要翻出新样。她会包五角粽、猪蹄粽、龙船粽、牛角粽,她还会包蛋粽、肉粽、五香粽、茶香粽。可是,爸爸只吃那大家都有的四角粽、豆粽。看他皱着眉头的样子,不知是为了赌气还是真的不敢吃那些有意思的粽子。

这时候,里屋的满田就会从他的院子里走出来,走到我们家院墙边,对爸爸说:"亲戚,节又到了,都重五了,这时间啊,真像那茶叶抽新一样。"然后,就走进院子,递给爸爸一支烟。

"啊,节又到了,真快,真快。"爸爸没有几句话。但有人给他递烟,陪他抽烟,和他说话,听他感慨,他的眉头就舒展多了。满田和爸爸抽着烟,说着话,妈妈一边忙着手里的活儿,一边有一句没一句地搭着话。但慢慢地,院子里就只听到妈妈和满田在说话。他们谈粽叶的选择,谈糯米的成色,谈苏打粉的多少,谈煮粽的时间,谈粽子样式,谈重五盐的炒制。

满田是村里不多几个会炒重五盐的人之一。每年重五日,村里的老老少少就会聚到满田家,看他把找到的还有买来的十几种药材,有桔梗、甘草、山楂、红茶,还有陈皮、苍术、柴胡什么的,和盐放在大锅里慢慢地翻炒。不一会儿,锅里就飘出好闻的药香味。满田不停地翕动鼻子嗅着香味的变化,用手抓过盐看盐色的变化,不停地关照着火候,添加着药材。他一脸严肃,念念有词,像一个做道场的师傅。大家在旁边看着,也不敢多话,像是在看一场庄严的佛事,唯恐犯了忌。喷香金黄的重五盐炒好了,满田把它们包成一小包一小包的,递给每一个人,连我们这些小孩子也有份。这以后,还不断有人到他家讨要这重五盐——有的人叫重五盐,有的人叫午时茶,有的人干脆就叫药茶。咳嗽、肚子疼、肚胀、中暑,冲上一包重五盐就好了。妈妈也从满田那儿学会炒重五盐,我们自己用,也送人。

妈妈和满田仔仔细细地说着话,像是两个远房亲戚似的,但一来二去,就像有了二两家烧打底似的,他们就有说有笑有长有短了。我想,要是让他们就那样说下去,他们会说个三天三夜。他们以前是一个村子的,还是里屋外屋。后来,妈妈嫁到我们村,满田则做了我们里屋的上门女婿。所以,妈妈就把他按娘家人叫,每次都叫他"表兄",有时是"表兄佬"。可是,说着说着,满田会突然记起什么似的,边说就边往院子外走去。我们发现,爸爸不知什么时候已经不在了。他是村里少数几个节到了还挑着粪肥下地的人。

野　菜

包兴桐

那时候有很多好玩的游戏，出兵、骑马、跳坎、捉迷藏、跳房子、抓石子、滚铁圈、过家家、诱蚂蚁、斗蟋蟀、造房子、起大墓、建水库，都是。许多从大人那里要来的活，也是。像秋天的时候，翻番薯仔——在已经挖过的番薯地里翻出落在垄间园头的小番薯。大家知道，山脚的瑞金，他地里的番薯仔总是最多的。所以，大家都等着他挖番薯。常常是他在前面挖，我们就跟在后面翻，翻出一个，大家惊叫一声，他就回头看一下，但他还是粗心，还是要被我们不断地翻出番薯仔。有时候，大家不想翻了，就在地里挖一个坑，让两个人躺在里面，填上土，只露出一个头，然后，大家就开始和这两个"死人"说笑，或者，想办法捉弄他们。比如，说粗话气他们；或者，拿根草伸进他们的耳朵挠痒痒；或者，把屁股洞对准他们的嘴巴放屁。

清明的时候，田里园里的很多野草都是可以吃的，像马兰头、灯笼草、鱼腥草，但大家最高兴看到的还是黄花麦果草。村里的两种方言分别把它叫作"鼠曲草"和"棉菜"。把棉菜采来洗净拌在米里碾细了，就可以做成墨绿可口的"清明糕"，我们管它叫"鼠曲糕"或"棉菜馍糍"。在节日的气氛里，捣着、看着、吃着这样墨绿喷香的"棉菜馍糍"，真是件美事。可更美的，是摘棉菜。大家约好了，在篮子里放点吃的，就出发了。往往这一去，挺远的，有时候，要越过好几座山，穿过好几个村子，当然，那走过的湿田旱地，就数也数不清了。一走出村子，大家就开始唱："摘棉菜，掉田坎，掉到田坎脚，棉菜馍糍吃不着。"

一直到傍晚，大家才回来。一身的泥草，提着半篮子棉菜，嘴里嘻嘻哈哈还是唱着："摘棉菜，掉田坎，掉到田坎脚，棉菜馍糍吃不着。"

肚子空了，人累了，但大家还是忍不住嘻嘻哈哈要唱，要笑，你看看我，我看看你，就不由得想起这一天在田里许多有趣的事情，想起走过的许多有意思的村子，想起遇到的许多有趣的人。晚上在油灯下，看妈妈拣着棉菜，忍不住就要说起这一天有趣的事。

每一个清明，大家最高兴的是跟行为去他姑姑家摘棉菜。他姑姑家住在离我们村很远很远的一个山上，去那儿，我们要斜穿过好几座山，走上整整半天。这么远，我们晚上就住在他姑姑家，第二天下午才回来。他姑姑的那个村子，看起来比我们村子还小，但让人喜欢。村口有一个大大的却不深的水库，从旁边经过可以看到里面游着很多很多的鱼。每一次，行为的姑父都会到水库里买一条大鱼给我们吃，还让我们喝点他们自己做的甜酒，好像我们是他们家的客人似的。还有，他们村里有很多果树，什么橘子、桃树、梨树、板栗、杨梅、柚子，到处都是，最多的是柿子树，路边到处都是，差不多每户人家的院子里也都有。虽然我们去的不是时候，吃不到桃子、梨子，更不用说柿子、板栗了。可是，桃花、梨花、杨梅花都开了，蜜蜂飞得整个村子都是。

"等它们熟了，我叫行为姑父捎过去给你们。"行为的姑姑说，"水果是田头货，见了就有份儿。"

在行为的姑姑家，大家的心思都用在了看上、吃上、玩上，摘了两个半天棉菜，也只铺了个篮底。好在，行为那两个漂亮的表姐每一次都会把她们摘的棉菜分给大家。回家的路上，大家都觉得篮子沉甸甸的。

桃子熟了，梨子熟了，杨梅熟了，行为姑父真的就挑着桃子、梨子、杨梅来了，而且记得清清楚楚，一家一家地分，真个是见了就有份儿，最后，剩下的就挑到行为家里去。甚至到了九月，我们还可以在家里吃到行为姑姑家的板栗和柚子。

　　这么好的一个地方，听说行为姑姑开始并不想待在那儿，常常跑回来，每一次，都是行为的姑父跑来把她背回去，因为，行为姑姑的脚有点不便，拐。

小炕笤帚

刘心武

　　他们是大二男生，一天，在宿舍里，引发了一个关于小炕笤帚的故事。几个舍友里，只有两位备有扫床工具：一位富家公子有个非常漂亮的长柄毛刷，一位来自穷乡的小子有个高粱穗扎的小炕笤帚。其余几位收拾床铺时会跟他们借用，一来二去的，都觉得还是那小炕笤帚好使，最近就连那富家公子，也借那小炕笤帚来用。

　　那天熄灯后，都睡不着，各有各的失眠缘由。绰号"蜡笔大新"的叹口气提议："夸克，随便讲点你们乡里的事情吧。"其余几位也都附议，绰号"唐家四少"的富家公子更建议："从你那把小炕笤帚说起，也无妨。"

　　因为物理考试总得高分而得绰号"夸克"的就讲了起来：那年我才上小学。村里来了个骑"铁驴"的，"铁驴"就是一种用大钢条焊成的加重自行车，后座两边能放两只大筐，驮个二三百斤不成问题。那骑"铁驴"的吆喝："绑笤帚啊！"我娘就让我赶紧去请。是个老头儿，他把"铁驴"放定在我家门外的大榆树下。我娘抱出一大捆高粱来，让他给绑成大扫帚、炕笤帚和炊帚。他就取出自带的马扎，坐树下，先拿刀把高粱截了，理出穗子，然后就用细铁丝编扎起来……大新叹口气说："不好听，来个惊人的桥段！"夸克继续讲下去：你们得知道，高粱有好多种，其中一种就叫帚高粱，它的穗子基本上不结高粱米，专适合扎笤帚、炊帚什么的。我娘每隔几年就要在我家院里种一片帚高粱，为的是把以后几年的扫帚、炕笤帚、炊帚什么的扎出来用，扎多了，可以送亲友，也可以拿到集上去卖。那是个星期天，午饭后，我在屋里趴桌上写作业。我娘忽然想起说："你去问问那大爷吃晌午饭没有。他大概是转悠了好几个村，给好多家绑了东西，还没来得及吃饭呢。"我就出去问，那老头儿说："不急。我绑完了回家去吃。"我进屋跟我娘一说，我娘就从热锅里盛出一碗"二米饭"——就是白米跟小米混着蒸出的饭，又舀了一大勺白菜炖豆腐盖在上头，还放了两条泡辣椒，让我端出去……四少说："情节平淡，你这分明是个'尿点'，我得去趟卫生间。"夸克就提高音量说："呀！出现情况了！我娘忽然唠叨七十不留宿，八十不留饭啊……就往门外去，我跟着，只见那老头儿已经从马扎上翻下地，身子倚在榆树上，翻白眼……他是被饭菜给噎着了，喉骨颤动着，嘴角溢出饭粒和白沫，但剩的半碗饭并没有打翻，显然是刚发生危机时，他就快速把那碗饭菜放稳在地上了……我娘赶紧把他的手臂往上举，指挥我用手掌给那老头儿轻轻拍背抚胸。没多会儿，那老头儿喉咙里的东西顺下去了，松快了，娘让我去取来一碗温水，让那老头儿小口小口喝，老头儿没事儿了……"讲到这儿四少去卫生间了，回来的时候只听大新在感叹："嗨，两毛！两毛能算是钱吗？"原来，那老头儿绑扎东西，大扫帚每个收五毛钱，炕笤帚、炊帚每把只要两毛钱。绑扎出一堆东西，夸克他娘才付他四块钱。那老头儿说："你们真仁义，给我饭吃，还救了我。这些剩下的苗苗不成材，可要细心点，多用些铁丝，也能扎成小炕笤帚。今天我没力气了，让我带走吧，过几天扎好了，我给你们送过来，不用再给钱。"夸克娘说："连那些高粱秆，全拿走吧。扎的小炕笤帚，你自用、送人，都好。甭再送来了。"

过了几天，本是个响晴天，不承想过了午，也不知道怎么的忽然下了场瓢泼大雨，放学回家路上，听人说下大雨的时候有个骑"铁驴"的老头儿栽沟里摔断了腿。路过那沟，"铁驴"挪走了，只留下痕迹，还有一把小炕笤帚，落在沟边，脏了。我心里一动，捡起那把小炕笤帚，回家拿给娘看。娘说，一定是那大爷要给咱们家送来的。那年月乡里有绑扎笤帚手艺的人，大都跟我爸一样,进城打工了,剩下的,有的扎出来的东西没用几时就散了,可这老头儿扎得又结实又好用,除了铁丝,还都要再箍上一圈红绒线。我们听说摔断腿的老头儿被卫生院收治了,娘儿俩就去看他……大新评议:"诚信,很健康的主题。"夸克继续讲:"到了医院,见到他,我们就慰问,道谢,可是,那老头儿当着医生说,他不认识我们,他那'铁驴'里的小炕笤帚,不是带给我们家的。我跟娘好尴尬。我们只好退出,在门口,恰好跟那老头儿赶过来的家属擦肩而过……最后,我要说明:这小炕笤帚当时就洗净晒透了,一直搁在柜里,没舍得用。来大学报到前,娘才取出来让我裹在铺盖卷里,带到这儿来以前,我进行过消毒,请放心使用。"

宿舍里安静下来。

戏　家

袁省梅

因为看戏,二叔和二婶又打架了。

村里唱戏,二婶这个"戏家"肯定要到场。二婶不是戏剧演员,得这绰号是因为二婶好看戏。四村八乡的哪里有戏,哪里就有二婶。挂在二婶嘴边的一句话是:要是一天不看戏,日子蔫蔫没意思。一天要是看场戏,浑身就有使不完的劲。

看戏也不是什么不好的事,可二婶看戏丢过凳子椅子不说,有一次把娃给丢到半道上,她自顾自兴奋地跟人说戏,回到家,二叔问二婶,娃呢?二婶揣揣怀里包裹娃的棉褥子,眼睛瞪了,摔了褥子,倏地就往戏园子跑。还没跑到戏园子,就听到娃嗷嗷的哭号。原来,二婶只顾着跟人说戏,睡着的娃娃从褥子上溜掉到地上,她都没发现。幸好看戏的人多,后面的人抱起了娃,坐在路边等人来领。回到家,二叔看二婶把娃放进了被窝,扯过二婶的肩膀就是一拳。二叔恨恨地骂:"叫你一天看戏,叫你一天看戏。"二婶抱着头,不吭气,任凭二叔打。

二叔想着二婶挨了打,咋说也该收敛收敛,谁知二婶不愧为戏家,哪里有戏还是紧赶慢赶地要去看戏,手里不管什么活,撂下就跑了。二婶说:"屋里的活还有个尽头啊,放到明天还能干,可今天的戏不看今天就再没戏了。"二叔没法子,气急了,也就是把二婶打一顿。二婶说:"爱打你就打吧,戏我还是要看。"

不过,为了看戏,二婶也尽量地把屋里安排妥当,把该干的活都尽量地赶着干。可是,偏偏的,昨晚戏园子唱戏二婶事先一点也不知道,等听见了咚咚锵锵的锣鼓声,二婶刚把一锅馍馍上了炉灶蒸。馍馍蒸不熟,跟前就离不了人。戏园子离二婶家不远,嘭嘭嚓嚓的锣鼓声一遍一遍响,一声声都敲在了二婶的心尖儿上。二婶心急火燎地把风箱拉得呼哧呼哧风快。戏开演了,小旦的唱腔咿呀呀呀传了过来,二婶的馍馍还没蒸熟。二婶给炉子添了好多的炭,唤大嘎子过来,二婶从兜里摸出五毛钱,塞给大嘎子,要大嘎子扇火。

二婶说:"大嘎子,妈的亲娃,你扇火,妈看一眼就回来。"

说着话,二婶就把大嘎子蹾到风箱前,脚下生了风般跑去看戏了。

二婶刚到戏园子,大嘎子也跟着来了。二婶眼睛盯着台上的戏,头也不回一下地问:"火大吗?"大嘎子吱吱地舔着棒棒糖,说:"可大了。"一会儿,二婶又想起炉子上的馍馍,又问大嘎子:"你回去看看,看锅盖上的馍馍气(蒸汽)大不大。"大嘎子回去看了一下,给二婶说:"大着哩。"二婶看着戏,心里到底还是不踏实,看大嘎子还在身边,又叫他回去看馍馍气大不大。大嘎子转眼就跑了过来,说:"馍馍气可大哩。"看完戏,二婶想起炉子上蒸的馍,不敢跟人说戏了,三步两步地跑回家一看,炉子上的火倒是还旺旺的,锅上的馍馍气也确实挺大,呼呼地淌。可一看,锅上没有锅盖!原来是二婶着急,忘记盖锅盖了。一锅馍馍趴在箅子上,没蒸熟,都给喂了猪。早上,二叔知道后,揪起二婶就打开了。二婶心里也有气,也撕扯着二叔。

两人从屋里打到院子,揪打着,撕挠着,噼里啪啦的,都是一副要把对方打死的样子。二婶家的大门从里面关上了,巷里的人把门拍得啪啪响,喊劝着他们不要打了,把门打开。二叔二婶都不理会,二叔揪着二婶的肩膀,呼呼地喘气,嚷嚷:"叫你看戏叫你看戏。"嚷着,拳头就粘到了二婶的胸上,嗵嗵响。二婶也不示弱,跳着脚挠二叔的脸,气恨恨地骂:"我就看我就看,打不死我还看。"

二叔看二婶不服软,气得丢下手,恨恨地:"你就死到戏园子吧。"开了门,气呼呼地走了。巷里的人拥了进来,看到二婶时,二婶已经洗了手脸在和面蒸馍。人们惊讶地:"没打疼啊,还蒸馍。"二婶讪讪地笑着:"咋不疼,顾不上了,晚上还有一场戏哩。"听着二婶的话,满屋子的人都笑得哈哈的:"你呀真不愧是戏家,不怕老二再打你啊?"二婶和着面,也咯咯地笑:"他爱打就打吧。一看戏,我就觉得快活,什么烦心事都没有了。"人们笑着二婶感叹,你可真是"宁肯多挨几顿打,不能耽误看《挂画》(蒲剧名段)"。二婶听了,笑得手上的面抖落了一地。

鼓　家

袁省梅

发国爸死了。发国有钱，他爸的丧事上请了两班唢呐，唱了三台大戏，还有一个锣鼓队。锣鼓队的大鼓总管点名让发国请二猪来敲。发国瞧不起二猪，嫌二猪来了给他的事情丢人，满脸的不愿意，说："再没人敲鼓吗？请他？"总管哈哈笑着说："你可别看二猪那邋遢样，十里八村的没人比过他敲鼓，人都称他是'鼓家'哩。"发国没法子，只好叫总管坐着他的小车请二猪。

二猪在地里养猪，把家也搬到了地里两间矮小的土房子里。二猪看黑亮的小车嘁地停在了路边，就停下了拌饲料，举着沾满饲料的手，瞪着一双永远睁不开的眼睛看。总管从车上跳下来，大声地嚷嚷："我的好鼓家哩，全锣鼓队的人都等你老人家，发国派车专门请你了。"

说着话，就要拉二猪走。二猪说话不利索，一说话，嗓子里好像安了个风箱，呼噜呼噜地响，蹦两个字，呼地喘口气；蹦两个字，呼地喘口气。一句话让他说成了三五句。二猪拍着手上的饲料，笑得呼噜呼噜："发国……爸……没了？"总管不等他说完，就拽着他把他搡进了车里。小车轻轻地哼了一下就射出了老远。二猪呼噜着笑："车好哩。"总管嘿嘿地笑："几十万哩，咋不好！不是你鼓家，我哪能坐上人家这么好的车啊。"二猪呵呵地呼噜，就是头晕。低头看到指甲缝里黑的白的污垢，脸红红的倏地把手压到腿下。

二猪一到发国家，人们就喊着"鼓家来了鼓家来了"，拥着二猪向锣鼓队走去。看唢呐的也不看了，看戏文的也提着凳子撵着来了。人们兴奋地喊着，追着。

二猪沾满饲料、染了草色的烂褂子上套了一件大红的秋衣，白的毛巾也缠裹在头上，二猪一下子就精神起来。二猪搓着手，揉揉眼睛，呼噜呼噜地笑，几步跨到鼓台子上，迷瞪的眼睛看着偌大的鼓，也睁大了，明亮了。锣鼓队几十个人都已站好，锣、镲、铙……如集结出征的战士，静候他的鼓令。二猪抓起鼓槌，嗵，敲了一下。说笑的人们霎时噤了声，眼睛齐刷刷地看着二猪。

二猪不是二猪了，二猪成了"鼓家"。

嗵嗵，嗵嗵嗵，嗵嗵嗵嗵嗵……

鼓敲起来了，鼓家在台子上跳着，一双木槌如两只鸟儿上下翻飞、左右舞蹈，急促时只能看见一团白雾缭绕，久久不散；悠然时又如春风里的柳枝、山头的白云，随意、闲适。人们看鼓家那双迷瞪的眼睛也睁大了，明亮亮地随着鼓声一会儿圆睁，似在突围在抗争，一会儿又微眯，如酒酣如得意。嗵嗵嗵，嗵嗵嗵，鼓家粗犷有力、热情奔放地敲着，威风豪迈的《一声高》，气势磅礴的《黄河吼》，每一曲结束，都赢得了满场的喝彩和掌声。

有人说："二猪敲起鼓来，哪还是二猪啊。"

有人说："二猪不愧是鼓家啊，听见这鼓声，心都爽快哩。"

接连敲了五个曲调，鼓家才满脸汗水地走下台子，又被人们簇拥着坐到了发国家的席棚子下。人们没有散去，都在等着鼓家吃完，能再敲上一曲。

几杯酒下肚，鼓家已是面颊紫红，目光迷离。鼓家看看围观的人们，微微一笑，一手抓起一根筷子在桌子上盘子上碗上敲了起来，顷刻之间，细细碎碎的声音叮叮咚咚地在棚子下响了起来，人们在鼓声的引领下，来到了树林里，鸟儿鸣叫，花儿绽放；行走在清泉旁，泉水清清脆脆，泠泠作响，向前欢腾地流淌。叮咚，叮咚，叮叮咚咚……

鼓家双眼晶亮，嘴角上翘，脸色静谧，只有手上的两根筷子灵巧地飞舞着，敲击着，叮咚叮咚……人们静静地倾听，个个都是一副恬淡的模样。

发国把两盒烟塞到鼓家的口袋里，还要给他一个红包。发国说："二猪，你真称得上'鼓家'啊，鼓在你手下给敲活了。"鼓家二猪眯着眼，推手丢开了，呼噜呼噜地笑："发国啊，你懂挣钱，可你不懂鼓。你不知道鼓给我带来的快活，一敲上鼓，所有不好的事情都忘了。说到底，不是我敲活了鼓，是鼓把我敲活了。"

借 钱

袁省梅

二猪这几年肯定挣得不少，小卖部一天到黑都跟赶集一样，人不断。

猛地听到这句话时，二猪眼里撩起了一丝欢喜。有人说自己有钱，毕竟是一件体面的事。以前家穷，他还记得爸出门就要给嘴上抹点猪油，俩嘴唇翘得一上午都不舍得抿一下。不就是为了挣个体面不让人小看嘛，可为何那欢喜还没落进肚里，就被更大的慌乱碾得粉碎了呢？炕单子揉成抹布了，二猪还是睡不着。趴在被窝里，点了一根烟，看着黑漆的虚无，闷闷地一口赶着一口呛。

慌乱在黑漆的安静中被无限地放大在二猪的眼中心中：三钱来借钱了，小姑来借钱了，牛子来借钱了，茂喜……

这还了得？三钱、小姑，日子都过得紧，况且三钱想盖房，小姑大娃也要结婚了。他们要来借钱，三借两借的自己攒的那点儿不就没了吗？二猪觉得问题严重了。二猪觉得得有人替他"辩解"。

脸没洗，饭没吃，二猪就敲开了三钱的门。

三钱迷瞪着："咋一早就敲门打窗哩？"

"手头有点紧，三钱，给娃交学费哩，你先借我点。"二猪一副可怜的样子，热切切地看着三钱。

"你这是跟和尚要丈母娘哩嘛，"三钱的手在脖子上搓来搓去，笑得嘎嘎的，"你开着商店哩还没钱啊，人都说你一年挣几万哩。"

二猪心说，真要跟你借钱我都羞哩，谁不知道你三钱的日子？可嘴上却说得诚恳："别听人瞎说，就那么个小店店，就巷里人来买，你算算一年能挣几个？还把我和媳妇都捆得紧紧的，哪儿也去不了，不像别人能四处打工，挣几个现钱。"二猪看三钱点头，又说："前几天丈母娘病了，一下就掏了好几千，眼下娃又要交学费，手上实在没那么多钱。你没有就算了，我再到别处借。"

该说的话都说了，二猪转脸就走。没想到他刚出了三钱家的门，三钱就撵了出来，手里捏着几张皱巴巴的票子，塞到他手里，说："二猪你跟我借钱是看得起我，我家就这点，你先救个急，等我这窝猪卖了，我给你送去你还人。"

二猪觉得捏在手上的不是钱，是一把刺藜核。他脸红脖子粗地想说啥，心里漾了几漾，狠狠心，没说话，跨上摩托去小姑家了。

小姑看二猪一大早跑来，点了火，冲鸡蛋花给他吃。

二猪端着碗，眼皮子先软了。姑父前几年死了，表弟还没娶下媳妇，二猪知道，小姑的日子不好过，心里就有些别扭。一碗鸡蛋花让他吃得如药般艰难，放下碗时，他还是硬着心肠把借钱的话说了。

小姑一听二猪来借钱，二话不说，掀起炕席子，摸出一个蓝布包包，说："这点钱是槃了麦子准备给大嘎子订婚的，你先用。"

二猪的心忐忑地跳，只从上面捏了一张，说："用不了这么多。"

小姑看二猪唯唯诺诺的，就不乐意了，说："不到万不得已，哪个愿意跟人伸手？你跟小姑借，是看得起小姑。"

二猪的脸憋得通红，只好接了钱，把钱往兜里装时，手竟抖了几下，眼皮子下有热热的东西在冲撞。二猪不敢看小姑，说："我就是倒下手，倒开了，就给你送来，你知道，小店店挣不下几个，家里开销又大，抬手动脚的都是要钱。"抬眼看小姑时，小姑的眼里满是心痛，二猪的心不由又痛了一下，咬咬牙说："我倒腾开了就给你送来，不耽误给大嘎子媳妇送。"

小姑抹着眼睛说："快别说了，一分钱难倒英雄汉。不难，你也不会跟小姑伸手。你用，不急，我再想法子到别处挖借。"

二猪转脸走时，小姑给他兜里塞了一把花生，说："有啥难了给小姑说，姑姑亲，辈辈亲。"

小姑还说了些什么，二猪都没听见，摩托车让二猪骑得疯了般，呼呼的风如刀般刮削着他的脸。

二猪到处借钱的事在巷里传开了。

"看样子二猪这几年也没挣下多少，看他这几天可世界借钱哩。"

"不到难处，男子汉大丈夫的，哪个愿意把脸面装裤裆里跟人伸手啊？"

"就是嘛，活人不就是活个脸面吗？"

二猪听到这些话时，没有一丝的欢喜和安心，心口倒像被镢头刨着般刺挠得难受。

孝子李子孝

小小说美文馆

警·喻

李子孝跪在老娘身旁,泪水像房檐的雨滴成了串儿。母亲病倒在炕上已经两个多月了。每到冬天,母亲的肺心病就加重。

年年如此,不同的只是老娘的病情一年重似一年。

老娘咳嗽着哆嗦成一团,看来是熬不过这个冬天了。

李子孝总以为母亲冷,就抱些柴填进灶里,炕烧得就像一面火墙,暖烘烘的,直烤脸。老娘哆嗦着手在子孝脸上抚摸了一下,就再也没有一点力气了。

老娘紫青的嘴唇微微地哆嗦了一下,说:"马……"

子孝知道,老娘又想说吃马肉馅饺子。子孝就怕老娘再提这事。子孝心想吃什么都好办,为什么非要吃马肉馅饺子?除非生产队的马病死,家家户户才能分上几斤肉,才能吃顿饺子。生产队就那么十几匹马,都活蹦乱跳的,绝没有死的意思,上哪儿去弄马肉呢?

子孝曾背着老娘把家里唯一的老母鸡杀了,用鸡胸脯给母亲包了十几个饺子。老娘吃了一个就吐了,她骂子孝不孝,拿鸡肉糊弄她。

子孝很难过,连老娘这点要求都不能满足,他觉得自己很没用。

就在老娘紫青的嘴唇再一次微微地哆嗦的时候,子孝来到了生产队的马厩。

十几匹马正在吃夜草,子孝从兜里掏出一只红辣椒,撕开两半,塞进一匹枣红色瘸马的鼻子里,就在这时,他突然发现马灯后闪出一张脸,一张枯瘦的、风干了似的长脸,那分明是队长的脸。子孝惊恐地抽身离开了马厩。

子孝刚逃到家中,队长就跟了进来。

子孝的两腿就哆嗦起来,扑通跪在队长的脚下,声泪俱下地说:"队长,看样子我娘挺不过这个冬天了,她这辈子没要过啥东西吃,就想吃顿马肉馅饺子。"

队长走到炕边,站在老太太跟前儿,端详了一会儿,啥也没说,转身走了。

天将放亮,饲养员再次给马添草的时候,发现枣红马浑身抽搐,打着响鼻,流着鼻涕,便立马向队长汇报。队长提起马缰绳,端详了一会儿,满脸无奈地说:"不行了,找张大筷头子杀了吧。"

饲养员急忙走出马厩,去找张大筷头子。

队长从小窗户往外看了看,见饲养员走出了大门外,便急忙提起马缰绳,用手指插进马鼻子里把辣椒抠出来,丢进马粪里。

很快,张大筷头子已拎着尖刀走进了马厩,没有含糊,把马杀了。

李子孝分得一大团新鲜的马肉,急奔家去,心想老娘终于能吃上马肉馅饺子啦。子孝回到家里,马肉的热气还没散尽,但老娘已断气了。

李子孝悲悲切切发送老娘,哭了又哭,死去活来。乡亲们都来了。埋葬李老太太是分内的事,就和自家的老人一个样,出殡的队伍里不缺屯子里的人物。队长张罗在前,报庙、入殓、引路、出灵、下葬,每个环节都十分讲究,丝毫不差。老娘下葬在猪蹄河岔口水库边的朝阳坡上,因为猪蹄河水库是她奋斗过的地方,老娘曾带领一大群妇女参加过兴修水利工程。队长选在这儿,可谓用心良苦。李子孝感到老娘的大殡是屯子里最讲究的葬礼。

三天圆坟的时候,李子孝在坟头边看见了队长,一堆纸灰冒着徐徐轻烟。李子孝感到惊讶,结结巴巴地问:"您咋来啦?"

队长不惊不慌,说:"人嘎巴多脆,说走就走。她是咱队最好的妇女队长,真叫人想得慌。你娘英勇一辈子,临走想吃顿马肉馅饺子,都没如了心愿,唉——"

李子孝这才看到,老娘的坟头上有一盘冒着热气的饺子。老娘死时,才五十五岁……

打这之后,李子孝逢节令祭拜老娘,一次不落,是屯子里公认的大孝子。李子孝于1975年被评为公社劳动模范。那时的劳动模范不发奖金,只奖给一件背心,上面印着红彤彤的大字"奖"。落款:龙王庙人民公社。

那件背心,李子孝从来没有穿过。

死丫头，乖丫头

陈 敏

　　她一直相信她和爷爷前生有某种宿怨。

　　她出生的消息传到爷爷耳朵里时，爷爷先是一声沉闷的叹息："唉，是个死丫头！"然后背着双手去了后街，三天后才回来。

　　"死丫头"的绰号像胎记一样伴随她一生。

　　在她一岁半时，母亲又生了一个男孩。爷爷乐得不成样子，用掉了两颗门牙的嘴巴颤巍巍地说，他看见老宅的整个屋顶都给映红了！真是满堂红啊！

　　弟弟就有了个响当当的绰号"满堂红"。

　　据说"满堂红"过周岁的时候，爷爷请了一村子人前来喝喜酒，宴席吃到月亮升上来还没结束。

　　"满堂红"成了爷爷的心头肉。

　　奶奶去世早，爷爷是家里的总掌柜，家里家外的大权全都掌控在他一人手里。每月支出多少钱，每顿饭要下多少米，都必须由他决定。缺粮少油的日子，爷爷下令母亲做两种馒头，一种白，一种黑，装在两个不同的竹笼里，高高地悬挂在他炕头的挂钩上。炕边靠着一根竹拐，弟弟哭了，他就用竹拐戳个白面馒头给弟弟吃。她有时也会跟上来要馒头，爷爷看不过眼了，也会戳一个给她，但不是白的，而是来自另外一个笼子的黑面馒头。弟弟手持雪白的馒头,在小伙伴中间炫耀。她握着黑馒头倚在门框上,偷偷呜咽着,以免被伙伴们看见了笑话。

弟弟七岁时,她八岁半,都到了上学年龄。开学那天,爷爷带弟弟报名回来时还带回了一只羊。爷爷把家人召集到院子里,说:"死丫头迟早都是别人家的人,上学没用,弄个羊让她去放吧。"她哭闹,说要和弟弟一起去上学。爷爷坚硬的拳头就落在她的头上。爷爷总打她,每次下手都很重。以前她看见爷爷拳头的第一反应就是用两只小胳膊肘把头护住,可这次她没有护头,任凭爷爷打。爷爷只打了一下就停住了,说:"想上学,等把羊放大了再上。"她记住了爷爷的话,天天放羊,天天盼羊长大。一年后,羊长大了,她兴奋,以为能上学了,那只羊却在开学的前一天生出了一只小羊羔。爷爷说:"情况变了,羊生羔子了,等羔子长大了,你再上学吧。"于是,她又等了一年。

十岁时,她略有点懂事。得知学校教一年级的那位女老师刚做了妈妈,需要营养补身子,她从鸡窝里偷了六只鸡蛋,用荷叶包着送给女老师,并给老师说她想上学,但没钱,看能不能缓一学期再交学费。女老师鼻子一酸,用绵软的手抚摸了一下她的头,说:"名都报过了,就到我们班来上吧,不用交钱。"她成了班上年龄最大的插班生,但,学习成绩出奇地好,一如她的个头,把其他同学远远地甩在了后头。

爷爷的拳头从这天开始再也没碰过她的头。爷爷的拳头不再坚硬,反而一天天柔软起来,直到有一天,爷爷的手再也抬不动了。

爷爷患了一种病,那是一种对黑夜极度恐惧的病。爷爷惧怕黑夜,他的病情会随着夜晚的降临而加剧。黑夜里,他大呼小叫的全是奶奶和已故人的名字,说他们用绳子捆绑了他。他举起手臂让人看那些亡人勒在他手腕上的"印痕",然而别人什么都看不见。家人都觉得恐惧,天一黑就躲得远远的,留着他一人在黑暗中颤抖。

爷爷的脾气随着身体的变坏而变好了,他的语气也柔和了不少。到了夜晚,他希望他炕头的那盏油灯能为他多亮一会儿。

但那时他们村子没通电，夜晚照明都得靠煤油灯。煤油限量供应，让油灯整夜亮着实在是一件奢侈的事，家人像当年否决她上学一样否决了为爷爷晚上亮灯。

她每晚都会在母亲为爷爷熄灯后偷偷走进去，重新把那盏灯燃上。为节省用油，她用针尖把灯芯挑到最小限度，这样，那盏灯就会在几乎不用油的状态下一直燃到天亮。她发现那盏灯是一剂良药，只要一直亮着，爷爷就不会在夜里闹腾。

爷爷的眼睛在如豆的灯光下明亮明亮的，像黑夜天空中的星星，看她时的眼神不再让她像以往那样心生寒冷，而是像她为他点燃的那盏灯光一样，温暖而柔和。他一贯坚硬的拳头变成了布满皱纹的手掌，总在她为他点灯时，颤巍巍地触摸一下她的手、她的衣角。然而她很不适应爷爷这一举动，他伸手的动作每次都把她吓一跳。

那年冬天她因成绩优异，代表学校去县城参加竞赛。回来的路上，她接到不好的消息：爷爷快不行了！

她在雪地里飞一样往家跑。

爷爷的房间里挤满了人。她拨开人群，扑向爷爷。

一声轻唤，爷爷睁开了他闭了很久的眼睛，嘴里含糊地喊了一声："死丫头——乖丫头——"然后咽下了最后一口气。

父亲说："死丫头，你爷爷为等你，硬是撑了一天。"

那一刻，她泪流如注，把爷爷以前打她都没流的眼泪全流了出来。

放菜刀

江 岸

秋已经很深了,漫山红叶染红了黄泥湾的天地。在这红光笼罩的天地间,走着一个挑担的汉子。汉子到了村口,就歇下担子,敞开粗浊的嗓子吆喝:"放菜刀了,张麻子菜刀,好钢打造的张麻子菜刀。"

汉子一张嘴,村人都听出来了,这个放菜刀的人,是个北方侉子。

黄泥湾地处殷城县最南端,村人说话声音和湖北人差不多,就被人叫作蛮子。那么,黄泥湾人就把打北边来的人统称侉子。

村里好不容易来个外人,开始纷乱起来。随着侉子一声声吆喝,大家都嚷,侉子放菜刀啦!一边嚷一边往村口跑。

先到的是两个小媳妇,最喜欢开玩笑。一个问:"侉子,你的菜刀能切豆腐吗?"一个问:"杀鸡能杀出血来吗?"

汉子哈哈笑,说:"大姐,你用我的菜刀割一下手指,手指能割破,就能杀鸡。"

这时候,一个愣头青冲过来,他嚷道:"我走南闯北,只知道王麻子菜刀、张小泉剪刀,没听说过张麻子菜刀。"

汉子又哈哈笑了,冲愣头青竖竖大拇指,夸赞说:"这位大哥真是见多识广啊,什么都瞒不过你。但是,王麻子能打菜刀,张麻子就不能吗?"

大家一看,汉子脸上果然有许多黑麻子,闪耀着黑黢黢的光,因为汉子皮肤黑,黑麻子隐蔽在黑皮里,不仔细看还真看不出来。

愣头青被汉子堵住了嘴,他忽然放声笑了,嘲弄地问道:"是不是所有铁匠都是麻子啊?"

汉子不笑了,脸紧了一下,叹了一口气。他说:"大哥,还真让你说对了,打铁的时候,铁花乱飞,哪有不溅到脸上的? 十个铁匠九个麻。俺也想好看,可俺也得吃饭啊,还有老婆孩子一大家子人啊。"

愣头青再次被堵了嘴,有些窝火,红头涨脸地质问:"王麻子菜刀,削铁如泥,你张麻子菜刀能吗?"

汉子笑了,环顾一下四周,围观的人已经堆成了山。他蹲下身子,从担子里取出一块砧板,再取出一根铁丝,放在砧板上。汉子随意拎出一把菜刀,扬起来,一道寒光晃花了人们的眼。汉子手起刀落,将铁丝斩成两截。汉子起身,把菜刀递到愣头青手上。

愣头青接过菜刀,用指肚刮刮刀刃,刀刃并没有卷口。一圈儿人围过来,看菜刀,菜刀从一个人手上传到另一个人手上,一个一个传下去,人群里不时发出啧啧的称赞声。

愣头青嘴角噙一丝冷笑,对汉子说:"这样的表演我也见过,好菜刀是好菜刀,可惜只有一把。"

汉子咧开大嘴哈哈笑了,笑够了,正色说:"我张麻子菜刀,有一把算一把,刀刀一样。"

愣头青死死盯着汉子的眼睛,汉子也睁大眼睛回盯着他,两人像一对即将打架的公牛,正做着战前的准备。

良久,愣头青吼:"你别嘴硬,有叫你软的时候。"

"请便。"汉子说。

愣头青飞快地取出一把菜刀,寒光再次晃花了人们的眼。待定睛再看,砧板上多出了一截铁丝。大家从愣头青手里接过菜刀,刀口完好无损。愣头青疯了似的,把担子里的菜刀一一掂出来砍铁丝。砍到后来,大家都不看刀口了,一截截铁丝像断掉的蚯蚓似的趴在砧板上,砧板周围横七竖八的都是菜刀。

愣头青站起身来，额头竟有了细细的汗。他对汉子一拱手，朗声问："大哥，你的刀怎么放？我要一把。"

汉子把手搭在愣头青肩上，捏了一下，爽快地说："兄弟是个直性子人，冲你这声大哥，我也得便宜一点。这样吧，我不要钱，只要稻子。当场兑现稻子，十五斤一把；明年再给，二十五斤一把。"

大家迅速在心里算了一笔账。稻子市价是两毛钱一斤，当场买刀，不过三元钱，等他明年来收，就是五元钱了。过一年，多出两元钱，那可不划算。不少人赶回家，纷纷舀来稻子。愣头青帮汉子称稻子，分菜刀，忙得不亦乐乎。最后，菜刀当场卖完，换回了满满两担稻子。

愣头青忘记给自己留一把菜刀了。

汉子说："兄弟，今天麻烦你了，你好人做到底，帮我把稻子挑一担到镇上，那里还有一堆菜刀呢，你随便选。"

愣头青帮汉子挑了稻子，一前一后走出了村人的视线。到了镇上，愣头青挑了半天，终于选出了一把满意的菜刀。

愣头青说："大哥，明年稻子熟了，你过来，我给你二十五斤稻子。"

汉子说："兄弟，今天多亏你帮忙，这把刀，大哥送你了。"

愣头青说："大哥放心，只要人在，账烂不了。"

汉子说："兄弟言重了，大哥是诚心交你这个朋友。"

愣头青回到黄泥湾，天已经黑定。第二天天不亮，他背了十五斤稻子，送给汉子。

愣头青说："大哥，拿秤。"

汉子说："不用了，兄弟太见外了。"

多少年过去了，这个放菜刀的侉子再也没去过黄泥湾，家家都还用着张麻子菜刀呢，有时还聊起这个侉子。愣头青见老，每每提到放菜刀的侉子，总是喃喃地说："幸亏第二天早晨俺把稻子送去了，他怎么再不来了呢？"

世事难料，张麻子怎么就不来了呢？

捞　魂

江　岸

有年冬天冷得出奇,黄泥湾好像从来没有那么冷过。往年最冷的时候,村前池塘边缘结一层薄冰,娃子们拿根柴火棍就能捣碎。那年可倒好,整个池塘结满厚厚的冰,站在冰上,随便跺脚。

这样一来,娃子们可就有事干了,纷纷结伴儿到池塘滑冰去。开始的时候,他们小心翼翼,胆战心惊,只在四周玩;一天两天三天,冰面连个裂缝都没有,他们就忘乎所以,敢滑到池塘中心去了。

冰层的断裂没有任何前兆,伴随一阵短促的喀嚓声,一块冰面破碎了,五个小娃子滚进了水里……

正是中午时分。年关逼近,家家户户都在忙年。磨豆腐,打糍粑,牵挂面,杀年猪,炸丸子,炒花生,忙得不亦乐乎。几个吓傻了的小娃子缓过神来,开始大呼小叫,但是很难有人听见。

范子良的家离池塘不远。大学放假了,他刚从城里回来。父母在厨房忙活,他插不上手,靠在客厅沙发上看电视。母亲仿佛一个勤快的搬运工,来往穿梭于厨房与客厅之间,一趟趟送来父亲炸好的红薯丸子、萝卜、丸子、绿豆丸子、肉丸子、豆腐丸子。父亲炸好一样,母亲送来一样,不厌其烦。

"好吃吗?"母亲一次次心疼地问。出去半年,儿子高了,也瘦了。

"好吃,太好吃了。"范子良一边吃,一边笑,笑容蜜一样甜。半年没吃上父亲母亲亲手做的饭菜了，真香。

正大口大口嚼着丸子，范子良清晰地听见了呼救声，他猛地放下碗，劈手拉开门，箭一般冲了出去……

母亲再度端来一碗炸好的小酥肉的时候，不见了儿子，茶几上凌乱地摆着几个碗，还有几个没有来得及吃掉的丸子。

这个时候，母亲清晰地听见了新一轮的呼救声。母亲赶到的时候，范子良已经躺在池塘边上，眼睛紧紧闭着，浑身湿淋淋的。

他已经永远闭上了年轻的眼睛。

整个黄泥湾都沉浸在无边无际的悲痛之中。这种悲痛，无法用语言说明。父亲傻了，母亲傻了。望着这一对曾经为儿子骄傲和欢乐的呆愣夫妻，乡亲们都傻了。

这天傍晚，阴风怒号，仿佛山川都在撕心裂肺地呜咽；雪花飘扬，仿佛天空凝结了的泪花川流不息；树顶和屋顶都是一片耀眼的白，仿佛为英雄守灵。

英雄事迹已经报到村里，村里已经报到乡里……但黄泥湾有自己的祭奠方式。五位获救娃儿的家长，联合请来几位道士，为英雄超度亡灵。五个获救的娃儿披麻戴孝，在灵前跪了一排，执孝子孝女之礼。

在整个祭奠过程中，捞魂是一项重要的仪式。凡是死在水里的人，必须把他的"魂"捞出来，免得死者在阴间做水鬼、坐水牢。

这样一种隆重的仪式，被做成了一种游戏。过去水里死了人，总是一帮半大小子拿了道士用朱砂写在黄表纸上的灵符，去死者淹死的水域捞"魂"。将一扇门板放在水面上，中间点燃一盏油灯，门板两头，各系一根绳子，水域两边各站一个小子，轮流拉动绳子，让门板来回在水上漂动。其余的小子或用竹竿，或用铁锹，胡乱搅水，希冀有鱼鳖虾蟹青蛙水虫往门板上蹦，蹦上来什么就逮住什么，用灵符包了，揣在死者身上，就算大功告成。倘若在夏天，小子们会纷纷跳进水里，胡乱扑腾，什么时候玩够了，才懒洋洋起身。让水族主动地蹦到门板上，再乖乖地停留在门板上，委实有些困难。更多的时候,小子们会悄悄地从泥巴里抠出一只泥鳅,或从水草里抓住一只草虾,掐个半死,提前放在岸边某处。等这个游戏玩腻了,便会从岸边拿出这个半死不活的东西,装腔作势地扑向门板,一巴掌下去之后,手臂高扬起来,声称捞到了。

这样说吧,过去在水里死了的人,他们的"魂"没有一个是从水里蹦跶到门板上的。死者的亲属也不较真,不管小子们拿回什么,他们都感谢。没有人深究他们是怎么捞到的,捞到的是死的还是活的。

这回捞魂,捞的是英雄的"魂",和任何一回都不一样了。

坚决不能敷衍,一定要把他的"魂"捞上来。大人们都这样殷切地交代这些半大小子。

小子们抬着门板到了池塘边。他们先用铁锹破冰,再用竹竿把碎了的冰块往一边推,露出半间房子大小的水面。刺骨的寒风从水面卷过来,在漫天的雪花中穿行,瞬间把大家的身体冻透了。两个小子在两边拉门板,其余的小子不遗余力地搅水,可哪里有一点鱼鳖虾蟹的影儿呢? 从早晨到中午,从中午到下午,几乎在池塘里捞了大半天,小子们都冻僵了,仍然一无所获。

傍晚时分,木匠就要封棺,必须在此之前把英雄的"魂"放进棺木。时间一分一秒地过去,人们都慌了神儿。

五个被救娃儿的参到了池塘边。五个男人接力赛似的,把一瓶红薯干子酒一个一个传递着,到了谁手上,谁就灌一口。酒瓶转几圈儿,成了空瓶子,被最后一个男人扬手扔了出去,远处传来一声清脆的破裂声。

哪怕把池塘搅个底朝天,也要把俺兄弟的"魂"捞上来。男人们说着,一起跳进了齐腰深的冰水里。

黄　风

凌可新

　　麦子一熟，风的颜色就变了。王九是个老庄稼把式，用不着到麦田里去看，一瞅窗外的风，就知道麦子熟了没有。村里人都说王九牛，牛得很，王九也得意，说，这不是吹牛哩。村里人说，不是吹也是吹。王九说，说吹就吹吧。

　　王九种地种了五十多年了，收麦子也收了五十多年。前面二十年是给生产队里收，是给人民公社收，后面这三十年，是给自己收的。他家里的田地，除了种麦子和玉米，再不种别的。村领导劝他拿出些田地来栽苹果树，说那东西来钱。王九说："不栽，我就爱种麦子。"结果村里人一百家九十九家都栽了苹果树，没几年都发财了，就王九家不栽，日子一下子就让人给比了下去。王九也不在乎，攥着一把沉甸甸的麦子说："手里有粮，心里不慌哩，到时候看你们没了粮食吃，啃苹果去吧，看哪个顶饭哩……"

　　别人家的苹果卖了好价钱，拿出些钱来买麦子吃，剩下的还有好厚一沓。有人图省事，想就近买王九家的麦子，王九不卖，说："粮食是个宝哩，不卖。"王九家的麦子除了自己吃，开头几年国家强制收购时卖些给国家，后来国家不强制收购了，王九就在家里放着。心想，哼，看哪年闹饥荒了，你们咋个活……

　　饥荒一直也没闹起来，有苹果园的人家几乎年年发财，王九的日子一年不如一年,倒是麦子攒了一囤又一囤。

再有人到集市上买麦子,王九就拦了人家说:"到我这里买吧,我种的麦子又好,价格也公道,还不用走那么远的路。"有人过去瞅瞅王九家的麦子,拈一粒放嘴里嚼嚼,噗地吐出来,说:"看看你家的麦子,都叫虫子掏空了……"王九嚼开一粒,果然只剩下一个空壳壳。扒拉开囤子瞅,十有七八都成空壳壳了。王九叫声我的麦子啊,眼泪就哗啦一下流出来了……

王九损失了一万多斤麦子。有人给他算了一笔账,这一万斤麦子如果卖出去,只怕差不多会有一万块钱的进账。这倒好,便宜虫子了。王九泪眼婆娑,说:"我的万元户啊……"

可王九还是喜欢种麦子。只是种了不敢再囤起来,留够一家人吃的,剩下的都卖给了国家。日子么,还是过得捉襟见肘。

儿子娶了媳妇,第二天就闹着分家。家一分,儿子就在麦田里挖了许多坑,栽上果树。王九想管,再想想,管不着了,就叹气,叹过了去瞅自己的麦苗,绿油油的可爱。王九说:"我的麦子啊!"心里舒坦了许多。

今年这边要建飞机场,王九的麦田被上面征用了去。王九不想给,但拗不过人家。眼看着刚刚返青的麦子被推土机哗啦哗啦推没了,王九心疼得直跺脚。可是有什么用呢? 没用。瞅着村里人欢天喜地的样子,王九说:"没了地就没了麦子,日后吃什么?"

征地的钱还没发下来,村里人结伙上去找。他们叫王九,王九不去。钱找回来了,分钱的时候,大伙都说王九没去,不分给他。王九说:"征了我的地,毁了我的麦子,要不分钱给我,我就死给你们看。"

没人害怕王九会死,但到底钱里面有王九一份,还是分给他了。搂着钱,王九一时不知道自己应该做什么。有时候想起田里的麦子,过去想拔拔田里的野草,看见的却是一大片裸露的泥土。王九心里一紧,坐在地头好久也起不来。

王九这一身看风就知道麦子熟了没有的本事,如今一点用处也没有了,在村里也没人跟他说这话了,王九早就牛不起来了。除了一沓没用处的钱,王九再也没有什么了。

有一天中午，王九坐在炕上吃饭。吃着吃着，瞅见窗外一片黄乎乎的风刮了过来，他的精神一振，一跃而起，眼睛亮亮地跳下炕就往外跑。老伴问他干什么去，王九慌慌张张地穿鞋，说："麦子熟了，要收麦子了，我得赶紧过去……"老伴哼了一声，说："收个屁麦子。"王九说："你瞅瞅这风，麦子熟了哩这是……"老伴说："收麦子收麦子，你的麦田哩?"

王九怔住了，杵在地上。

雪 韵

高 薇

月光照在窗户上,印下一片柔和安详的光影。

真静!娘紧合着眼,身子动也不动。

姐怎么会是坏女人呢,小虎不信。可村里人都这么说,几个婶整天恨得咬牙切齿,娘也是这样子。

小虎睡不着,想起好多从前的事。

春深似海的日子,村外东坡上的茅草,疯了似的长,姐站在齐腰深的茅草丛中,朝着不远处的孤坟猛啐三口。

"呸,呸,呸!"

"姐,啐它干啥?"

"坟里是坏女人。"

"娘说这坟叫风流冢。"

"嗯,娘说女孩见了就要啐三口,才能除去触了它的晦气。"

"呸呸呸,姐,以后我也啐三口。"

"你是男人,你不用。"

可是,从去年夏天开始,姐再经过这里,只是呆呆地望着孤坟,再也不啐一口。

"姐,怎么不啐了?"小虎觉得奇怪。

"走吧。"姐拉过小虎的手,蹚过白花花的茅草丛,默默离开。

大月亮挂在高天上,屋子里很亮堂。小虎心里却一阵阵地发冷,便向娘身边靠靠:"娘,姐还回来吗?"姐叫槐花,是两年前娘给小虎娶的媳妇。

两年了,小虎习惯躺在姐的怀里睡觉。姐的胸膛温暖而柔软,散发着淡淡的香。姐总是用修长的手臂环过小虎的腰身,脸贴了脸,小虎睡得又沉又香。可娘不抱他,小虎只能靠在娘身上。

"睡吧,娘累了。"娘翻了身,脸朝外。小虎趴在娘身上,看娘沉着脸,眼睛瞪着窗外,就又问一声:"娘,您在想什么?"

"别闹了,睡吧。"娘叹口气,慢慢闭上眼。

小虎从没见过爹,为了撑起门户,两年前,娘给八岁的小虎娶了个十六岁的媳妇。那时,沂蒙山区很多人家都给儿子娶大媳妇,既帮着干活又照顾小丈夫。

"婶们说姐是坏女人,三婶说姐的花轿从村头过时,要去泼尿呢。"

"你三婶真这样说?"娘一下子坐了起来。

"嗯,娘,我不想和姐离婚……"小虎嗫嚅着,也坐了起来。

"孩子……"娘揽过小虎,泪珠扑簌簌地,打在小虎脸上,一阵冰凉。

小虎想起去年,那个初夏的傍晚,夕阳将河对岸的山坡映得金黄,姐和一个俊朗后生肩并肩坐着,白茫茫的茅花絮儿在空中飞扬。后生将一串槐花插在姐头上,姐羞红了脸,头低了又低。刚刚跑上山冈的小虎惊呆了,将一声姐生生地咽回到肚子里。吓黄了脸的槐花将小虎紧紧搂在怀里,在他脸上亲个没完。

"娘,娘……"敲门声很轻。

"姐呀!"小虎忽地爬起来。

"啪!"没等小虎下床,脸上已经吃了一记响亮的耳光,小虎瞪大双眼,一屁股坐下:"娘……"

"给我躺下,老老实实地躺着!"娘的话里没有丝毫商量的余地。

"娘,娘,槐花对不起您,对不起弟儿。娘,槐花想再看你们一眼。娘,开开门好吗?"周围一片寂静,只有如水的月光在屋子里哗哗地流动。

"弟儿,弟儿……"槐花的声音里满含着哀求。

…………

"娘,我给您缝了件衣裳,给弟儿做了双鞋,放这儿了。娘,我走了。弟儿,你要听娘的话,好好读书……"一阵低低的啜泣声从门缝里钻进来,小虎看见,娘的眼里蒙上一层泪光。

"娘,我走了……"啜泣声渐渐远去,夜又陷入沉寂,只有雪花在空中追逐,飞舞。

槐花结婚的日子转眼就到了。

那天,没有一丝风,雪花在平静中悄吟着。村头大路口,人流涌动。一顶花轿正往这边过来,摇摇摆摆,颤颤悠悠。

"呸,哑巴轿呢!"尖嗓门儿的二婶先嚷起来。

"呸呸呸,不要脸的东西,和风流冢里的骚女人一样,还好意思吹吹打打? 看过来我不泼她!"三婶的脸上充满了鄙视,双臂挥舞,晃动着整个身子。

"泼她,泼她——"人群里一片骚动。

"快看,大嫂来了,带了好多人呢!"娘如一团旋风刮来,身后跟了一伙儿神气十足的男人。

"有好戏看了,砸它个稀巴烂!"

"泼它个尿水流!"

娘身影如风,脚下踩出一片吱嘎声。

盛装的槐花从花轿里下来,扑通跪在雪地上:"娘——"

"呸呸呸——"唾沫飞溅在空中。

"闺女,快起来,娘送你来了。快,吹起来!"娘的手朝后一挥,鼓乐彻天响了起来。

"娘……"槐花跪着怎么也不肯起。

"闺女……"娘为她轻轻拭着脸上的泪水,"到了那边好好过日子!"

"大嫂,你……"几个婶满脸诧异。

"姐,娘给你做的!"小虎将一串串五彩的欢喜团儿挂在四下的轿杆上,这欢喜团儿是用糖将大米花粘成团状,染上颜色再串成串儿的,是沂蒙山区逢喜事时才做的,又好看又喜庆。

"弟儿……"槐花拥过小虎,一串串泪珠,跌落在雪地里。

"起轿,送我闺女上路!"娘的手又是一挥,欢快的乐曲,在辽阔的雪野上格外悠扬,格外响亮。

雪花,纷纷扬扬。大地,一片纯洁,一片晶亮。

夯

胡天翔

新媳妇来喽——

娶亲的车子离杨楼还有一里地远哩,我和杨红旗就在村口桥头上吆喝起来。不一会儿,披红挂彩的四轮车开过来了,大红伞下的新媳妇来了。雪花朵朵,飘了一地的白;鞭炮声声,炸落一地的红。站在车斗里的新郎杨大树满脸是笑。能娶到小崔庄的崔秀秀,谁说杨大树不该笑哩。

把抢的喜糖塞进嘴里,我愣愣地看着杨大树把崔秀秀抱下了车。杨红旗也看傻了,连喜糖都忘了抢。崔秀秀被杨大树抱进屋里,他还傻兮兮地站着看。"这闺女长得真俊啊!"八十岁的奶奶一说话,露出了仅有的四颗门牙。

"亮子,你给我一块糖,我告诉你一个秘密。"杨红旗说。

"杨红旗还有秘密?"我把抢来的四块糖给他一块。

"长大,我也要娶个这样的老婆。"杨红旗趴在我耳朵上说。

"呸! 你是癞蛤蟆想吃天鹅肉!"我对着杨红旗吐了一口痰,不想连糖水也吐掉了。我想是啥秘密哩,杨红旗真不要脸,和我想的一样。

杨大树的娘去世得早,杨大树的爹杨老根是个木匠。杨大树师出家门,也是个木匠。杨大树出师后,十里八村的乡亲都请儿子不请爹。杨老根锯木头得拉墨线,杨大树拿眼一睃就下锯。请杨老根做了家具,还得请别人来上漆,杨大树拿着漆刷子能画画。

小崔庄的崔猴子盖房子,请杨大树去砍梁。梁砍好了,房子盖起来了,崔猴子让杨大树再做张床;床做好了,崔猴子又让杨大树做一张条几;条几也做好了,崔猴子又让杨大树做桌子、椅子。新屋里摆满了新家具,崔猴子还不提工钱的事。崔猴子请杨大树喝酒。脸喝得像猴子屁股似的崔猴子说:"大树啊,工钱就不给你了,我把秀秀嫁给你,你看中不中?"

"哪能不中?中!中!中!"杨大树头点得像是小鸡叮大米。"老丈人啊,你可真是个明白人,你看出来俺和秀秀好上了,你要不吐口,俺还琢磨着该请谁来提亲哩。"杨大树心里说。

一年后,崔秀秀给杨大树生了儿子,还是一对双胞胎,起名叫大虎和二虎。村里人都说杨大树真是有福气。杨大树也觉得自己有福气,笑容整日挂在脸上。谁请做活,杨大树都跑得颠颠的。活做好了,给的工钱多了,大树要找零;给的少了,大树也不嫌,还请主家吸红花烟。

杨大树是个好木匠。

大虎四岁了,二虎也四岁了。杨大树要给崔秀秀盖四间砖瓦房。盖新房要扒老屋。扒房子的时候,杨大树心急,没听秀秀的劝,乡亲们还没来,他就自己动了手。崔秀秀正在灶屋里烧竹叶茶,听到"轰隆"一声,把茶舀到水桶里,崔秀秀端着一摞大碗出来一看,老屋的东墙倒了,大树不见了。杨大树被压在厚厚的土墙下,扒出来时已经断气了,头上一个大窟窿,鲜血汩汩地往外冒。崔秀秀当场就晕了。杨老根带着两个孩子在村口晒场玩,一听大树给墙砸了,腿一软倒在地上。

好木匠杨大树是个哑巴。

日子依旧是日子。有风有雨,有太阳有月亮,还有杨老根的咳嗽声。夜晚,我们常听见崔秀秀在院子里的老榆树下呜呜咽咽地哭,泪水将悲凄的日子融进泥土,渗进根脉,渗进根须。

杨楼的好木匠杨大树走了。村里人不知道,杨大树的砖瓦房还能盖起来不?崔秀秀还在杨楼盖房子不?

又一年的三月，吃过午饭，我去杨红旗家听评书《呼延庆打擂》，秀秀婶却来了。秀秀婶是来找杨红旗的爹杨铁头的。秀秀婶头发剪短了，脸也黄了，人也瘦了。

铁头哥，俺想在村东的宅子盖四间房，后个上午轧地基。秀秀婶递给杨铁头一盒黄金叶烟。

"他婶子你要愿意盖房子，啥事俺包了。"杨铁头没有去接烟。杨铁头把胸脯拍得咚咚响。杨铁头有点儿激动了。

谢了杨铁头，秀秀婶走了。

"秀秀婶脸咋恁黄啊？"我说。

"黄脸婆黄脸婆，脸当然黄了。"杨红旗说。

"小孩子，懂个啥，后天都去给你秀秀婶搬砖头。"杨铁头说。

村子东边是树林子，也有各家的新宅子。轧地基的那天，树林子里净是人。砖头是从秀秀婶的老宅子拉过来的，八辆架子车不停地拉，一群少年下劲地搬。

村子里的青壮年都来了，有的打桩，有的放线，还有的挖土。杨铁头是夯头，在领着人绑夯。轧麦子用的石磙推来了，四根碗口粗的木棒牢牢箍成"八人抬"。

地基挖好了，要下夯了。秀秀婶端起一碗竹叶茶捧给杨铁头，杨铁头接过来，一仰脖喝完了。抬夯的八个汉子端起八碗茶，一仰脖也喝了。秀秀婶又把空碗倒满，好让下一轮抬夯的汉子喝。

八个汉子抓起了八根竹竿粗的麻绳，八根麻绳绑在四根碗口粗的木棒上，四根木棒箍着一个大石磙。杨铁头一声喊，八个汉子一起合，三百斤的石磙随着喊夯的声音起起落落。那喊声惊飞了林子里的鸟儿，那夯声吓跑了田野里的兔子。不！那不是喊，是吼——

"咱们抬起夯啊！嗨哟！从这往南夯啊！嗨哟！这是屋山根啊！嗨哟！咱们要砸狠啊！嗨哟！这个地坡高啊！嗨哟！使劲往下敲啊！嗨哟！这个地坡凹啊！嗨哟！咱们少砸下啊！嗨哟！"

一地鸡毛

胡天翔

秋深了,太阳成了一个懒婆娘,把云层当成被窝,可能抹的胭脂太多了,胖脸蛋红红的,迈着一步三摇的步子走到村子东边的树梢上,把树叶啊,房屋啊,村子里跑的鸡狗啊,牛羊啊,给涂上红红的颜色,就连村主任家的院门也没有放过。

吃过早饭,村主任杨红旗推着摩托车刚走到院门口,被他的母亲喊着了。

"大柱,你去集上开会?"老人问。

"嗯!"村主任说。

"大柱,娘昨黑梦见你大哩!"老人说。

"嗯?!"村主任说。

"你大说,过八月十五,你弟兄仨都没有去接他!你大说他缺钱啦!"老人说。

"我让二柱和三柱去给俺大烧纸!"村主任说。

"大柱,快到重阳了,你开完会给你大割刀纸,割块'刀头'!"老人说。

"嗯!"村主任说。

"大柱,'刀头'要割大块的!"老人说。

"嗯!嗯!"村主任没等老人说完,就骑上摩托车,一溜烟地跑了。老人知道儿子嫌自己话多了。在家里,老人已经很少说话了,村主任还嫌她话多,说她老了老了,啰唆了。

院子的门开着,青砖铺平的地面被老人洒了清水,扫去灰尘。老人在院子西墙根上的阳光里站了一会儿,感觉还是有些冷。几枚树叶被风刷下来,落在院子里,像虫子一样在地上跳一下,跳一下,惹得院子里的两只母鸡,不辞辛劳地跟着啄一下,啄一下。老人进屋挖了半碗小麦,一把一把撒在阳光下,咕咕唤着。两只母鸡弃了叼在嘴里的树叶,一颠一颠地跑过来,伸长脖子,愉快地啄着麦粒。

老人搬来一把椅子,坐到西墙下的阳光里。她一身的黑衣,在阳光下黑亮亮的;老人六十五了,她满头的白发是那么刺眼。老人眯着眼,脸上的皱纹紧了,显得密了。院子里两只母鸡把地上的麦粒啄净,不停地跑来跑去,这儿扒扒,那儿瞅瞅,就像丢了东西的村长的老婆。后来母鸡们咯咯地叫着,在西墙根堆的麦秸垛头挠出凹凹的窝,蹲了进去。看到这儿,老人露出了笑容,自己一把小米一把麦粒喂大的母鸡要下蛋了。

两只母鸡是一窝鸡娃抱出来的,一共有二十一只。破壳了,小鸡崽拉稀死了十只;长到半大,发鸡瘟死了七只;好不容易长成母鸡了,又被黄鼠狼叼走两只,现在就剩下两只了。不过,两只也算个伴啊!明年,老人还想再抱一窝鸡娃。日头有些暖和了,老人就在暖阳里睡了,她梦见从鸡窝里摸出鸡蛋,那是一种温暖的感觉。

日头一步步地往高处走。老人却在汽车刺耳的鸣叫声中醒来,在梦中摸到的鸡蛋也掉到地上,烂了。老人看见院子门口停着一辆黑色的小车。小车很小,四个轮子也很小,就像是一只趴着的乌龟。乌龟壳打开,村主任出来了,还有两个胖胖的中年男人。村主任在两个胖胖的中年男人身后低头哈腰地走着。村主任买了一兜子的鱼肉,老人没有看见儿子买的黄表纸。

晌午了,白泛泛的阳光,挤满了院子里的角角落落。院子里鸡毛飞舞,村主任要请客吃饭。村主任的老婆也来帮忙,两只母鸡被捉住了。村主任还从灶屋里掭出了菜刀。老人明白了她的两只母鸡的命运。

"大柱,鸡下蛋哩!"老人说。

"来客了,人家等着吃清炖土鸡哩!"村主任说话的声音很低。

"娘,是乡里的人在咱家吃饭,你还不舍得两只鸡!"村主任的老婆说。

"哧——"村主任的菜刀在老人的面前画出一道黑色的弧线,只一下,就割断了母鸡的喉管。红色的血喷出来,有的落到碗里,有的溅到地上。村主任把手中的母鸡交到老婆的手里,长长地出了一口气,又抓住了第二只。那只母鸡在村主任老婆的手里,不停地扇着膀子,蹬着腿。血连成一条线落进碗里,越来越少,又一滴滴砸进碗里。母鸡被扔到地上,还在扑扇着翅膀,头是不能抬起来了,整个身子扑在地上,还用爪子一下一下蹬地。老人觉得那爪子蹬到自己的心上了,一阵阵地心痛。

黑烟从烟囱里钻出来,呼地升上了天空,又被风吹乱,一缕缕地消失了。开了膛的母鸡,连同一串串的蛋放进锅里。火舌舔着锅底,锅里的水响了,沸了。锅盖边绕了一圈白烟,香味从白烟里飘了出来,钻出灶屋,弥漫在院子里。鸡肉很香。村主任买的净是猪大腿上的瘦肉,还有大红鲤鱼,可是客人的筷子却喜欢夹起一块块的鸡肉,塞进嘴里,然后再饮一口朗陵罐酒。看到客人们吃得那么香,喝得那么有劲,村主任真高兴。村主任把给他大买"刀头"的事还是忘了。

太阳要落山了。黑色的乌龟车开走了。村主任喝醉了酒,躺在堂屋里睡觉。儿媳妇出去串门了,还没有回来。夕阳漫过院墙,院子又被光和影子分成两半。老人习惯性地从屋里端出来一碗麦子,撒在院子东边。像清晨一样,老人咕咕地唤着她的两只母鸡,可两只母鸡却没有跑到她的身旁。

老人的目光滤过整个院子,落到了西墙根的一地鸡毛上。

老人的目光凝住了。

小伴郎

巩高峰

小丫姑出嫁的消息，我是天黑时才知道的。

大人们很无聊的，今天嫁明天娶，每年总要折腾那么几次。不过，我不讨厌这种折腾，他们不折腾，我们怎么会有好吃的好玩的好闹的？

天黑之前，我一直赖在池塘的冰面上。S路线骑车，边滑冰边滚铁环，抽陀螺，冰面玻璃球，能想到的都玩了个遍，最后只好胡乱地疯跑，瞎追逐一气，就是不想回家。直到看见我奶奶小心翼翼地挪着她的小脚从小丫姑家踩着雪回来，我知道准有事儿。大冷天我奶奶从不出门的，就在屋里忙活着一堆针头线脑。

所以我一溜烟狂奔上岸，进院门前追上了我奶奶。

没等我张嘴问，奶奶就从腋下抽出手绢，边给我擦汗边笑着说："我大孙子要当伴郎喽！"

我怔住了，伴郎？

直到一帮大叔大娘在我家整晚翻来覆去商量婚礼的事情，我才明白了个大概——小丫姑要出嫁了，腊月二十九。每个姑娘出嫁都是要经历那些繁缛的礼节和程序的，可不能失礼。关于伴郎，我只零星听懂一点点：出嫁，女方的伴娘是少不了的，少则两个，多则四个，可伴郎只有一个，而且必须是八岁以内、眉清目秀、聪明伶俐的小伙子，主要任务是押车。也就是说，每个男孩能做伴郎的机会并不多，只要过了八岁，就彻底没戏了。

当过伴郎，长大后找对象、娶媳妇，都会很顺利呀。

我奶奶扭头笑盈盈地看了我一眼，催我上床，因为明儿要早起。我乖乖上床钻进被窝，可哪里睡得着啊，耳朵支棱着，大人的话一个字都没漏。

通过年龄、长相、机灵程度等好几关的筛选，我和小利打了个平手，最后我能险胜，是因为小丫姑嫁的人家是我奶奶的一门远房亲戚。

做伴郎，可是要穿着新衣服、新鞋去押车收红包的。回来加上我的压岁钱，就可以换个大一点的书包了，还能顺便升级我的文具盒；如果钱够，我还想弄一套十二种颜色齐全的蜡笔——所以那天晚上直到大人们散了，灯也灭了，我还是睁着眼。我头一次失眠了。

直到月亮挪过了窗户，天色泛亮，我才迷迷糊糊睡着了。感觉刚合眼，奶奶就拿着一套在她被窝里焐热了的新衣服催我起床，那本来是大年初一我才能穿的。跟着奶奶来到小丫姑家的时候，院子里已经挤满了人，大人摆酒席，小孩子到处乱窜。见我一身新衣服，伙伴们呼啦把我围了起来，但是和平日不一样，似乎有点距离。我看到小利也穿了一身新衣服，用羡慕夹杂着嫉妒的眼神上下瞄了瞄我，一直不肯靠近。

接着，大叔大爷们轮流拿我开心，你掐一把他摸一下。没想到王青皮也在，穿一身西装，人五人六的。他竟然和小丫姑是同学。他弄了一盅水，说当伴郎的必须喝，这是规矩。我上当了，一口下去，竟然辣得咳嗽不止，眼泪鼻涕都出来了。是白酒，所有人哄然大笑。

无论羡慕还是捉弄，毫无疑问，我成了焦点。

到小丫姑的房间时，她刚化了妆，我竟完全认不出那是她，只觉得一个浓妆艳抹的陌生女人使劲儿往我兜里塞糖果。

我有点晕，边在众多伙伴中分糖果，边接受他们的问东问西和好奇眼红。门外的嫁妆装好了车，花轿上插满了花，喇叭班子都吹累了，新娘必须在正午前上路，于是王青皮把我一拎，凌空放在一堆红红绿绿的棉被上面。王青皮满口酒气，两颊泛红，显然酒足饭饱。不过，我顾不上讨厌他，因为我突然想起，竟然没人让我这个伴郎去吃饭。可是我此刻又软又飘，像被轻轻放在一堆云彩上，却觉得屁股硌得慌，摸索了半天，才知道屁股底下有不少好东西：枣、花生、桂圆、莲子。可惜都缝在被子里，拿不出来。

王青皮歪着脑袋又递进一只大公鸡，郑重地叮嘱我："看好这些嫁妆，再抱紧这只公鸡，他们不给个又大又厚的红包，坚决不撒手不下车，听到没！"

我只顾七荤八素地点头，那只红鸡冠绿尾巴的大公鸡大得我根本抱不过来。

车启动时，本来笑容满面坐进花轿的小丫姑突然号啕大哭，满脸都花了。用我奶奶的话说，这是哭嫁，也是规矩。可我实在饿得不行，于是剥了三颗糖果含在嘴里，享受着汹涌的甜。车子越来越颠簸，我慢慢陷入一堆被子里，满脑子满鼻子都是新鲜的棉花味儿……

醒来时，我竟然在一个陌生的大叔怀里。他又黑又壮，一下把我吓清醒了。他哈哈大笑，满口的烟味："哈，你这个小亲戚，倒睡得踏实啊，被子、嫁妆，都被抢跑喽！"

我环顾四周，装嫁妆的车上除了贴着红双喜的红纸，真的空无一物。司机不见了，花轿上的花也没了，新娘子和四个伴娘也不见了，更别说我屁股底下的被子，被子旁边的公鸡……

我"哇"的一声大哭，悲从心来。王青皮交代过的啊，不给个又大又厚的红包，是不能撒手更不能下车的啊！这下好了，什么都没了，我的书包、文具盒、蜡笔……

很多人看着我哭，倒笑了，笑得一直停不下来。

吃饭的时候，他们把我安排在最大的一张桌子上，那个黑壮大叔专门负责给我夹菜。可以想见我有多么沮丧，所以尽管饿得前胸贴后背，我一口都吃不下。

过五关斩六将的押车伴郎啊，竟然砸了，睡了一觉就回来了。于是，整个过年期间，我一天门也没敢出，整天托着腮，看我奶奶归置那堆针头线脑。

我奶奶说："红包没少，他们是怕我这个小迷糊给弄丢，让大人带回来了。"可我没有失而复得的喜悦，一点儿也高兴不起来。

寻找诗意的生活

陈 勤

方鸿扛着锄头走进地里的时候，太阳已升起老高了，却并不耀眼。三月的阳光就像母亲的手，带给人的永远是温暖和舒坦。好久没来了，地里的草长得老高，好像它们是庄稼地的主人，真正的主人蚕豆苗稀稀疏疏地掩映在草里，瘦瘦的，像委屈的孩子。

"种豆南山下，草盛豆苗稀。晨兴理荒秽，带月荷锄归。"方鸿吟着陶老的诗句，挥动锄头开始锄草。凭多年前的经验，他知道这种草不能浅浅地一铲了事，那会治标不治本，得深挖，把它们的根掘出来，再扔出去，才能干净彻底，从而避免它们抢去豆苗的营养和地盘。幸好早饭吃了一碗稀饭、四个馒头，有的是力气。

很久没干活儿了，手臂甩动起来着实有些机械和笨拙，好在前几天刚下过一场雨，泥土比较湿润，所以挖起来还不太费劲。毕竟是有底子的，不一会儿，方鸿就找回了那久违了的锄禾的感觉，并由这感觉滋生出踏实和舒畅。

方鸿干一会儿停下来歇会儿，喝口水，揉揉酸痛的手臂，抖抖长衫和草鞋上的泥巴。看着身后锄过的地方整洁清爽，豆苗舒展着身子，一副扬眉吐气的样儿，方鸿不觉开心地笑了。

不知不觉日头已经爬到头顶上了，肚里一阵咕咕咕的声音，就像里面藏着啥活物在叫唤。方鸿举起袖子擦擦脸上的汗水，又到下面田里洗了洗手，然后拿出预备好的饼，就着水壶，大口大口地嚼起来。这辈子五花八门的佳肴也算品尝过不少，却似乎都不如这烧饼嚼起来香！

吃饱喝足，一阵倦意袭来，方鸿找了块有干草的地儿，将自己放平。一个饱嗝还没打完，鼾声已经响起。

这一觉睡得踏实、放松，连梦都没做一个。好久都没这么舒服地睡过了！方鸿坐起身子，感觉神清气爽。

扛着锄头，倾听着鸟儿清脆的歌唱，踏着一路青青的草和细碎的阳光，方鸿往回走。来到一处农家小院前，推开栅栏门，一股淡淡的桃花香味飘入鼻腔。"相公，你回来啦！"屋内迎出一位妙龄女子，发髻高挽，肤如白雪，眼似杏核，脸上荡漾着春风一般温暖的笑容。

院子不大，只有十来平方米，却整洁有序，栽种着各种花草。墙角的地方生长着一株桃树，满树粉红的花朵正开得热烈。树下有石桌、石凳。方鸿放下锄头，坐到凳子上，夫人已经备好了茶，递到他手上。

品了一口西湖龙井，方鸿打开石桌上的诗词集，放声朗读："西塞山前白鹭飞，桃花流水鳜鱼肥。青箬笠，绿蓑衣，斜风细雨不须归。"诗句读完，他的眼前仿佛浮现出一幅《春钓图》：鹭在飞，花在飘，水在流，鱼儿在欢快地跳跃，披着蓑衣戴着斗笠的渔翁手握渔竿，静静垂钓，虽有斜风细雨，然渔翁陶醉于眼前的景物，全不思回去。这完全是一种天人合一的境界啊，谁会想回去呢！方鸿想，不禁打心眼儿里羡慕起渔翁来。又想起自己上午的耕作，或可吟诗一首，苦苦思索了半天，终究未得半句。

"相公，不如写几个字吧。"夫人看他眉头紧锁的样子，笑意盈盈地提议道。方鸿点点头。

夫人一双玉手珠圆玉润，轻轻移动，为方鸿研墨，纤细的腰身也跟着扭动，恰似风摆杨柳，真个是婀娜多姿。方鸿忍不住想伸出手，摸摸她柔嫩的肌肤，手刚放到夫人腰上，就被她抬手一巴掌打落。"专心写字儿！"夫人笑着呵斥。

　　方鸿讪笑一下，收回心思，凝神吸气，右手握紧毛笔，在砚盘里吸足墨汁，然后快速挥动手臂，龙飞凤舞，信马由缰，让笔尖在宣纸上恣意游走。只觉心中的浊气、恶气也经由手臂和毛笔，随着笔尖的移动而被排出。

　　日头西斜，就像一个顽皮的孩子，虽然仍眷恋着宽阔的游乐场，却不得不一步一回头地往家赶，走到家门口了，还赖着不进去，仍旧挥舞着画笔给周围的云朵涂上一笔笔金黄。

　　方鸿沉醉在书法的意境里，就像孩子摆弄着心爱的玩具，浑然不觉时间的流逝。"嘀嘀……"外面忽然传来尖锐的车喇叭声。"方总，您该回去了，银河酒店还有一桌客人等着您呢！"秘书小刘已经推开栅栏门匆匆走了进来。

　　"唉，清静日子咋就过得这么快！"方鸿仰头望望夕阳，叹口气，放下笔，进屋换上西服，恋恋不舍地走出小院。

　　"方总，欢迎您下次再来——诗意生活一日游！"身后响起"夫人"银铃般清脆的声音。

修 路

侯发山

大军跟妻子玉梅商量,准备拿出十万元把村里通往山外的路铺成柏油路。那条路不足两米宽,晴天一身土,雨天两脚泥,名副其实的"水泥路"。

玉梅把头摇得跟拨浪鼓似的,说:"桃花村有几十户人家哩,路又不是咱一家走!凭啥咱一家出钱修路?"

大军说:"玉梅,按说修路是集体的事儿,但是咱桃花村穷,没钱,家家户户也都有一本难念的经,都是拿鸡屁股当银行,眼下就咱手头有点积蓄。"

玉梅拧着眉头说:"大军,你当了两年多的支书,怎么脑子跟进了糨糊似的,胳膊肘朝外拐?"

大军诡秘一笑说:"玉梅,我真的是胳膊肘朝外拐吗?相信我,我也是为咱家好。"

闻听此话,玉梅有点心动了。

桃花村四面环山,交通不便,老百姓靠种庄稼维持生计,种一个葫芦打俩瓢,一年四季把咸萝卜当菜吃。老支书干了几十年也没让村里脱贫致富。有一年,老支书自个儿掏钱买了几百斤优质高产的杂交油菜种子,免费供给村里的老少爷们儿种植。谁知,没有人相信他的话,种植的还是老品种……老支书一气之下辞职不干了。大军复员回村后,就毛遂自荐当了村支书。大军年轻气盛,当着乡领导和老少爷们儿的面拍着胸脯保证,三年内让桃花村解决温饱。

从乡里到村里，没有人把大军的话当真。也难怪，他走马上任后，只是忙他自家的事儿。起初，大军撺掇玉梅开饭店。玉梅说啥也不干，说咱这里偏僻，开饭店让谁消费哩？大军说咱村有个桃花湖，吸引着不少城里人，可他们来了没个吃饭的地方。玉梅听从了大军的建议，把自己家简单改造一下，选个吉日，放了一挂鞭炮，"农家饭庄"就算开业了。"农家饭庄"经营的品种都是以山里特有的原料为主，什么山韭菜、柴鸡蛋、红薯面、玉米糁、野兔子。嗨，你别说，"农家饭庄"开业后，很对那些城里人的胃口。有不少城里人不顾山高路远，专程开车来吃农家饭。他们说农家菜天然无公害，绝对的绿色食品。玉梅的生意渐渐有了起色。

是啊，要不是大军的创意，家里也不会脱贫。为这个，村里人还风言风语议论大军，说他这个村支书太自私了，脑子里考虑的全是自个儿，跟人家老支书相比，简直一个天上，一个地下……家里积攒的一点钱也是这两年开饭庄挣下的。眼下大军让出钱修路，肯定有他的小算盘。玉梅思来想去，才不情愿地同意了。

桃花村的路修通了，来农家饭庄吃饭的人更多了，特别是到了双休日，饭庄门前就停满了车辆，有的人要等两个多小时才能吃上饭……玉梅的生意红红火火的。她打心眼儿里佩服大军的精明。

村里的老少爷们儿也不傻，看到游客日渐增多，也忙把自家拾掇干净，在院子的树杈上歪歪扭扭挂出一个个"经营农家菜"的招牌来……

玉梅的脸色黯淡下来，埋怨大军，说生意都让别人抢走了。

大军说："玉梅，路没修通之前，你一天赚多少钱？你现在赚多少钱？"

玉梅掰着指头算了算，说："过去一天赚一百多块，现在一天赚三百多块……可是我总感觉心里不舒服。"

大军说："钱是赚不完的，只要你想赚钱，我再给你一个创意：把老房子拆掉，盖成两层小楼……"

不待大军把话说完，玉梅就拍手叫起来，说："大军，你太有才了！"

两口子说干就干，短短两个月的时间，一个漂亮的"农家宾馆"就建成了。

其他村民比葫芦画瓢，也把自己家的老屋拆掉，建成了漂亮的"农家宾馆"。这下好了，越来越多的山外人来到桃花村。昔日寂寥的桃花村一下子热闹了。家家游客爆满，把大伙儿忙得不可开交。

过了没多久，玉梅也有了想法——她告诉大军，想出资把村里的柏油路扩改成水泥路。她说："咱桃花村山清水秀，空气新鲜，本身就是一个休闲的好地方……可是，原有的柏油路太窄了，会个车都困难，我想把路扩宽一到两米。"

大军说："这可要花不少钱，你舍得？"

玉梅嗔了大军一眼："你不总说舍不得孩子打不着狼，舍不得媳妇儿抓不到流氓吗？路好了，来的游客会更多，咱可以赚更多的钱。"

大军点点头，说："等路彻底修好了，我们更要在如何展示民风民俗和传统饮食文化上下功夫，如把农田开辟成'开心农场'，让游客们亲自下田采摘水果，亲自下厨烧火、煮饭，真实地体验农家生活。"

出人意料的是，当大军提出要自家出资修水泥路时，村民们的热情一个比一个高涨，纷纷表示，有钱出钱，有力出力……

大军的心里暖烘烘的，脸上洋溢着灿烂的笑容。

黑 锅

李培俊

　　小麦家的红公鸡丢了。一大早小麦打开鸡窝，那只红公鸡率先钻出鸡窝，拍打着翅膀飞上墙头，撒过欢，落在榆树下的阴凉里，叨食着一颗颗肥大的榆钱。可到了傍晚，鸡该回窝了，那只红公鸡却没影了。小麦和朝晖两口子走出家门，分头在房前、屋后、路沟里寻找，当两口子在家门口会合时，摇着头叹了口气。

　　这只公鸡是两口子的宝贝，火红火红的，脖颈那儿有一圈金黄的毛羽，像戴了个金色的项圈。红公鸡的叫声也很特别，纯净、清脆、嘹亮，那声"咯咯咯"，先高后低，中间拐个弯，然后长声扬起，尾声拖得特别长，有点女高音的味道。

　　红公鸡丢了，夫妻俩的生活便少了许多乐趣。晚上躺在床上，两口子唉声叹气一番，惋惜一番。小麦说："你说，咱家的公鸡咋就丢了呢！"朝晖说："可能让黄鼠狼叼走了吧。"小麦说："不像。要是野物吃了，总得留下点鸡毛啥的。"朝晖说："还有一种可能，那就是被人捉去吃了。"小麦挺身坐起，说："瞧我这脑子，咋没想到这回事呢？"接下来，两口子把村里人过了一遍筛子。张三？不像。张三家有钱，想吃鸡，人家会到烧鸡店去买，啥样烧鸡没有！李四？也不像。李四家虽不宽裕，可家里喂着十来只鸡，想吃了杀一只，犯不着去偷。赵六？还不像。赵六为人耿直，馋死饿死也做不出这种事来。最后,两口子把焦点集中到王五身上。王五是村里有名的穷汉,因为穷,老婆跟一个收中药材的外乡人跑了,一去十年没有踪影。王五心凉了,地也不好好侍弄,收下的粮食仅仅够填饱肚子。王五有最大的嫌疑。

吃鸡要煮要炖,煮了炖了就会有香味飘出来,正好抓个现行。两口子半夜起身,偷偷踅摸到王五家附近。王五已经睡了,屋里黑洞洞的不见一星灯光,隔着破窗户,能听见王五粗重的鼾声,长一声短一声的。

不过,两口子还是断定,红公鸡是被王五偷了,怕露馅,今天没煮没炖。

第二天一早,小麦挎个荆篮,装作到地里拔草,路过王五门前,小麦在一块石头上坐下,清清嗓子,骂起阵来。小麦说:"我家红公鸡被人逮去吃了,谁吃了让谁口舌长疔疮、拉肚子。"小麦性子绵,不惯骂人,骂声显得有气无力,只是比往常说话声音大了点而已,而且脸还红着。不大一会儿,王五家门口便围了不少人。小麦这种骂阵大有深意,不然,咋没到别的地方骂?大家的目光紧紧盯住王五房门。王五出来了,披着件上衣,趿拉着解放鞋。王五问小麦:"出了啥事?咋都跑到我家来了?"小麦说:"我家红公鸡让人吃了。"王五说:"你家公鸡让人吃了,跑到我这儿骂啥?"小麦说:"不吃盐不发渴,我骂偷鸡的贼,你接啥腔呢?"王五说:"你这是怀疑我了?"小麦说:"谁吃谁知道!"小麦又把刚才骂人的话重复了一遍便草草收场。

下午三点多,二嫂匆匆跑到小麦家,说:"应了!应了!"小麦就问啥应了。二嫂说:"我不是头痛吗,去村卫生所拿药,正碰上王五也去看病,你猜咋了?他真拉肚子呢,人软得像根面条。"

小麦却高兴不起来,二嫂一走,小麦对朝晖说:"都是你,叫我骂人家咒人家,咒得王五真拉肚子了,看这事弄的!"朝晖脸上木木的,没说话。小麦说:"不就一只鸡嘛,值几个钱?丢了咱再养,总比人家害病强吧。"朝晖说:"病都骂出来了,你说咋办?"小麦说:"拉肚子这病我有经验,光吃药不行,甜汤里打鸡蛋,最补肚子。"小麦进了厨房,搅了一大碗甜汤,磕进去两个鸡蛋,端给朝晖,说:"事儿是你让惹的,你得送去。"朝晖很不情愿,小麦就把脸拉下来,说:"你不去我也不逼你,今天晚上你睡沙发啊。"朝晖忙说:"我去,我去。"

王五也是有个性的人,小麦骂了他,让他很没面子,窝了一肚子火。"我是穷,可我有脸皮,你小麦咋能这样呢?虽没直说是我偷了你家公鸡,可站在我家门口骂,和指名道姓有啥区别?"王五越想越气,中午也没做饭,吃了一碗头天的剩饭,把肚子吃坏了。可他没有想到,朝晖竟送来一碗鸡蛋甜汤。

王五下决心找回小麦家的红公鸡,以证明自己的清白。王五每天早早起床,村里找遍以后,爬上屋后小山,那里野草多、虫子多,说不定红公鸡在那儿迷了路,回不了家呢。

王五还真在小山一片洼地里找到了那只红公鸡,公鸡被野藤缠住脚了。王五一阵狂喜,亮起巴掌,对着红公鸡虚挥一掌,说:"我打死你个小东西,让老子挨骂背黑锅。"

王五把红公鸡送到朝晖家,小麦接了,说:"朝晖,还不让五哥去屋里坐?"小麦还说,"今天五哥别走了,我给炒几个菜,你哥儿俩喝二两。"菜端上桌,瓷盆里盛着的却是那只红公鸡。王五说:"小麦,你……你……"小麦说:"你啥呢?不就一只鸡嘛,比人的情义还要紧?"

爷爷三记

步文芳

那只被爷爷捡回的鞋子

小时候,父母承包鱼塘,在鱼塘边的空地上开辟了一块菜地。春天到了,爷爷在菜地里劳作。我和几个伙伴在鱼塘边的空地上玩耍。

我们一会儿比赛跑步,一会儿脱掉鞋子,在地上比赛翻筋斗,我轻而易举地打败了小妮子娜娜。娜娜是个鬼主意很多的家伙,她噘起的嘴巴可以拴一头大叫驴。

我乐得哈哈直笑,开始以老师的身份教两个弟弟翻筋斗的要领。娜娜突然恶作剧般冲我笑笑,我这才发现她手里拿着我一只粉红色的凉鞋。那是妈妈新给我买的凉鞋,我要穿一个夏天的呀!娜娜微微眯起眼睛,冲我咧一下嘴,又举起那只鞋,冲伙伴们大声叫嚷道:"瞧瞧,这是谁的鞋?"我心头一惊,忙把她拦住,还没喊出"那是妈妈给我买的新鞋",娜娜已经得意地将鞋举过头顶,挣脱我由于翻筋斗而酥软无力的胳膊,向池塘奔去。

"没人要咯——哈哈哈……"娜娜在地上转了两圈,"嗖"地一下,我的鞋子在空中画了一道彩虹似的弧线,落进了池塘里。我回想起妈妈在给我买鞋时那么用心,在选好颜色、款式和尺码后,又费尽口舌地讲价钱,这才让我拥有了一双崭新的凉鞋。我伤心地哭起来。伙伴们一哄而散,娜娜更是不见了踪影。

我擦了擦挂在脸颊的眼泪,模糊的视线里出现了一个熟悉的身影。那是平日沉默寡言的爷爷。爷爷脱下布鞋,卷起裤子,缓缓地下了池塘,他一边问我鞋子大约掉在哪个位置,一边俯下身子在水里摸索。爷爷按照我说的位置,一次一次俯下身子,虽然那个池塘不深,但是水早已没过爷爷的大腿,弄湿了爷爷的裤子。我的眼睛又一次满含了泪水。这一次,不是为了那只凉鞋。我心里隐隐有一种担忧,爷爷将近八十岁了,会不会因为给我打捞凉鞋而感冒啊。就在此时,我看见爷爷手里拿着一个粉红的闪亮的东西,我眼前一亮:"哇,我的凉鞋!"

爷爷离开我很多年了。长大后,我常常陷入对往事的回忆里。那些温馨而略带伤感的画面,就会像金色的鲤鱼般跳跃着浮现眼前。

每当这个时候,我仿佛就会看见,我的爷爷在夕阳的余晖中,慢慢站起身子,他挥动着粉红色的凉鞋,向我微笑,好像在说:"孩子,不用气恼,许多事情没有你想象的那样糟糕。"

老天使和小天使

在我小的时候,尽管没人喊我"丑小鸭",但任何的爱称和美言都与我无缘。我知道自己不会撒娇,嘴也不甜,又不怎么有眼色,所以心里没有太多的抱怨和不平。

然而,在我的家人和亲戚中,唯有我的爷爷,有时会给我带来惊喜。"乖乖"的昵称,偶尔会从他那牙齿脱落的嘴里喊出来,不仅滋润了我的生命,也呵护了我脆弱的自尊心。爷爷的牙齿,在我记忆的混沌时期已经全脱落了。他笑的时候,总是半张着没有牙齿的嘴巴,那种乐天慈祥令我至今难忘。我还曾经嫉妒过他没有牙齿,吃饭时一定不会像我一样,动不动就咬着舌头。童心对世界的感知,是最真切最敏感的。我知道自己在爷爷心中是最可爱的"小天使",爷爷自然成了我心中独一无二的"老天使"。

因为父母承包鱼塘,我的童年在池塘边度过。在鱼塘边上,勤劳的爷爷和我的父母开辟出一块块空地,种上果树、棉花、蔬菜……

父母有很多农活要做,园子的菜长成了,家里吃不完,烂在地里又觉得可惜。妈妈对我说:"你把菜拉到集上卖吧,得的钱就算你的。"自己挣钱,多振奋人心啊!家人把菜洗净捆好,我就和表姐蹬上三轮车,兴冲冲地赶集去了。

第一次卖菜,我胆子很小,不会大声叫卖,专等着别人上来问价。

当有买菜的问菜价时,我说:"五毛钱两捆。"买菜的嫌菜贵,说:"一毛五一捆吧,我要两捆。"

为了能做成第一笔生意,我就同意了。但我跟他说,这样的价钱只卖这一次。然而一开头就收不住了,附近买菜的人听到这个价钱,也围了上来。他们七手八脚,你拿三捆,我拿五捆,有的给了钱我找不开,只好把钱退回去,有的钱也没付就扬长而去。这样"红火"的场面没持续太久,三轮车上只剩下几片碎菜叶了……

数数手里的毛票,只有区区六七块钱。我有喜有悲,悲的是一车菜竟然莫名其妙地被哄抢完了,喜的是手里还攥着六七块钱。当时我强烈的心愿就是用这些钱给爷爷买点好吃的。买什么呢?想到爷爷没有牙齿,我最终选择了四块钱一盒的山楂糕。

中午的太阳大大的,晒得大地发烫。我一到家,不顾二姨叫我吃饭,就捧着山楂糕,沿着长长的鱼池埂奔向爷爷的小屋。时至今日,我已不记得爷爷说了什么,只知道,他老人家的微笑里,布满了褶皱。我们享受着山楂糕的美味,那是和爷爷分享幸福的感觉。

爷爷的低碳生活

爷爷属于最草根的农民,一辈子不识字。我记事的时候,爷爷已经七十五六岁了。翻地、打埂、割麦、种菜、种棉花、打扫猪圈、编柳筐……没有爷爷干不了的活。

爷爷吃饭从不挑拣。有一段时间,家里的晚餐十有八九是水煮面条。妈妈放一把荆芥,撒几粒盐,饭就做好了。爷爷的碗里从不会剩下一粒米或半根面条。每当爷爷吃过饭准备离开时,都会满足地说一句:"中,吃罢了!"

爷爷一年四季的衣服,几乎都是老家的姑姑为他做的。夏天的粗布衣,冬天的棉袄,都出自姑姑的一双巧手,需要置买的衣物很少。一双家做的布鞋,爷爷爱惜着穿,能穿好几年。爷爷走路、干活多了,脚趾将鞋尖磨出一个小洞,他就会拿起针线,小心地缝起来。

爷爷洗脸用的毛巾,是姑姑用织布机织出来的。童年的记忆里,那是红蓝相间的格子毛巾,方寸之间,尽显经纬的密集。毛巾脏了,爷爷就拿到井水里洗一洗。不知洗过多少遍,也不知用了多少年,直到毛巾变薄变软,颜色变浅,直到辨不清红色和蓝色的棉线。很长一段时间,爷爷没用过电灯。先时点煤油灯,后来换成了蜡烛。有时候爷爷会将一些废弃的烛头捡回来,重新熔化在一个小铁匣中,插上粗棉线,又能用上一段时日。

想到爷爷的住处,总让我联想到"茅檐低小,溪上青青草"这样的诗句。爷爷的居住环境,与八百多年前辛弃疾笔下的那对翁媪极其相似。

稻草盖成的茅屋,有四分之一的空间在地面以下。屋内大概比屋外低半米,像我这样的小孩子家,进爷爷的屋子都需要跳起来,蹦进去。整个屋子六七平方米,仅能容下一张单人床,一个木箱。夏天的时候,爸爸为爷爷钉了一张厚实的木板,两头用砖块架起来,放在屋外的葡萄架旁。小床的南面是一方池塘,堤岸上除了桃树和花生,就是丛生的野草和嗡嗡的飞虫。夜晚吊上蚊帐,空气中透着清新的凉意。在这里,有水波,有蛙鸣,毫不逊色于宋朝"翁媪"的生活环境。多少个夏夜,忍受不了屋内的酷暑闷热,趁着父母熟睡之际,我光着脚丫,提着鞋子,悄悄地打开柴门,奔向爷爷的天地……

爷爷常年劳作,知足常乐,身体也很硬朗,连感冒发热这样的小病也很少有。八十岁后,在农活之余,爷爷会找来一只板凳,跷起二郎腿,脚趾头摇啊摇的,打一个小盹儿,这就是一幅最真实的《农夫悠然图》了。

　　爷爷八十五岁去世。忆起爷爷的模样,我首先想到公益广告中那个满脸沟壑的缺水老人,继而想到了"无暴力不抵抗运动"的领袖甘地。然而,我的爷爷不是公益广告中的老人,更不是印度的圣雄。他平生只留下两张照片,一张是身份证上的;还有一张,是遗照。

俺 爹

田洪波

我睡得正香,突然有个声音在耳边嗡嗡:"太阳都照着半边屁股了,快点起来练功去!"懵懵懂懂睁眼一看,爹咧着一张嘴站在地中央。

我这才想起自己是在老家,昨天黄昏,我刚刚从省城回来。

愁绪和沮丧又一次包围了我。我不耐烦地把自己的脑袋埋进被子里:"爹,我好不容易回来一次,您让我睡个懒觉……"

爹哑着嗓子嘿嘿笑起来:"怎么?成腕儿了连爹的话都不听了?成腕儿就可以不练功了?"

我忽地坐起来,想跟正冲我较劲的爹发火,娘这时跟进了屋,她下意识去拉爹的手,爹却狠狠甩掉了娘的手……

我说:"好吧,我去练功!"跟着话音,我看到了爹的笑脸。"嗯,虽然又是上电视上报纸又是去国外演出的,可爹的话该听还听,是我儿子!"

沿着村路,听着不知名的鸟叫声,我并没有心情练嗓踢腿。想到自己面临的困境,想到和我一起摸爬滚打的兄弟姐妹们,朝天叹一声,低下头,又下意识叹出一声。

走了几个来回,只是活动了下胳膊。

回家,看到爹在院里擦锄头,那锄头油光锃亮,几乎能照见人影。

我诧异道,一把锄头擦那么亮干吗?它不过就是个种菜的农具嘛!

　　爹看我一眼,递过一条毛巾让我擦汗。爹说:"这锄头可是我种地的武器,它就像你平时在舞台上用到的那些兵器,亮亮堂堂精精神神的,你看着不高兴呀? 离开它们你玩得转吗?"

　　爹文化不高,想不到比喻倒很贴切。

　　第二天,又是在相同时辰我被爹叫醒。

　　我只有苦笑:"爹,我是回家休息调养的,不需要见天练功。那些本事都在您儿子身上长着呢,跑不了!"

　　爹拍了下我光着的肩背,说:"甭跟爹说这个,爹只知道,早起的鸟儿有虫吃! 哪轻哪重,你应该比爹明白。"

　　没奈何,我只有听从爹的话。这次为让自己多流汗,我改为跑步。

　　其间,遇到几个同村的人,他们面露喜色。"瞅老秦父子俩,爹种地勤快,儿子练功也不甘落后!"

　　经村人这么提醒,我才想起应该到自家的地里看看。

　　地里,我看到爹像一个伟人,正叉着腰和娘站在一起,一脸得意地看着自己种下的果实。我这才惊诧自家地里的热闹非凡。芝麻、黄瓜、扁豆、红薯、丝瓜、南瓜,应有尽有,一个品种套着一个品种。我瞪大眼睛看爹:"您这功夫不简单啊!"

　　爹抿嘴笑:"怎么样小子? 不比你演戏的功夫差吧? 咱的地盘咱说了算嘛!"

　　爹扬扬自得的神情像个孩子。娘在一旁捶了下爹的肩:"瞧把你美的!"

　　第三天,爹照例准时叫醒我,不过这次娘硬把他拉开了。我像小时候一样,把屁股撅起来,头抵在枕头上,想多眯一会儿。

　　爹没好气地冲进屋,毫不客气地一个巴掌拍在我屁股上。"快起来,练功去!"娘进来还要阻止爹,爹把眼睛瞪得溜圆。

　　这次,我站在一棵枝繁叶密的大树下,认真吊起了嗓子。我摇头晃脑的样子马上吸引来几个同村的孩子。我没有丝毫羞涩,继续字正腔圆一展歌喉,远远地看见爹走了过来。

　　有村人对爹夸奖："你这儿子的功夫,了不得呀!"爹嘿嘿笑:"他老子也有功夫嘛! 秋后的庄稼,提早就收完了。"把大家说得都笑了。

　　一周后,我打电话给朋友,告诉他苏州那家公司我不去了。

　　朋友诧异地问我怎么了。此时,我正站在山坡上,目视着生机勃勃的村庄,我说:"剧团解散了,可我不能让人心也散了。我要回去,找他们!"

　　离开村庄那天,爹像位将军站在远处目送我远行。

我们听到青蛙的歌唱

刘国芳

　　我经常跟朋友去一个叫山下范家的地方，我们往村口那条路走，走几百米，就到山里了。只是一些小山。山上山下到处栽着桃树、梨树和橘子树。很多时候，我们会爬到那矮矮的山上，这时候桃花开了，我们会看到一片姹紫嫣红。其实，远处有大一些的山挡着，我们的视野并不开阔，但眼前的一切，也让我们赏心悦目，像精致的盆景。山下有一口塘，只有篮球场那么大。水塘四边长满了草，也长着很多树。很多时候，我们看到水塘静静地卧在那儿，没有一点声息，给人一种神秘的感觉。

　　一天，我们来到水塘边，这年干旱，虽然是春夏之交，水塘里也没有多少水，大部分地方见底了，只有中间还有些水。当然，还有一些小水坑里，也有浅浅的水。我们当中眼睛好的，还看到小水坑浅浅的水里有蝌蚪。还有些干涸的水坑里面也有蝌蚪，但那些蝌蚪已经干死了。有些水坑里干得只剩下烂泥，里面也有蝌蚪，但那些蝌蚪已是奄奄一息了。看着那奄奄一息的蝌蚪，我们的心情有些沉重，一个人说："天这样干，那些蝌蚪也会活不了。"一个人说："要不，我们把那些蝌蚪移到塘中间深水里去吧？"

　　这话得到大家的赞同，我们立即行动起来。我们脱了鞋，跳到塘里，然后两手合在一起，先把烂泥里的蝌蚪捧到水里，然后又把那些浅水里的蝌蚪也托到水里。当烂泥里和浅水里再没有了蝌蚪时，我们才直起腰互相看看，笑起来。两三个月后,我们又来到了水塘边。可能夏天落了很多雨,水塘里的水已经很满了。忽然,我们听到水塘里有青蛙的叫声,先是塘那边"哇"的一声,接着塘这边应了一声,然后满塘都是"哇哇"的叫声,此起彼伏,不绝于耳。听到青蛙声,我们很欣慰,因为,这些青蛙里面肯定有我们救过的,是我们一只一只把它从烂泥里或浅水里捧到深水里去,它们才躲过一劫,才有今天的生命。我们中的一个人肯定也是这么想的,他说:"我们救过青蛙的命,它们在欢迎我们哩。"

一个人说得更有诗意,他说:"我们听到青蛙的歌唱。"

的确,我们听到了青蛙的歌唱。日后,我们还来过几次。我们来到塘边,仍然是一只青蛙先叫起来;接着有青蛙应一声;然后塘这边,塘那边,满塘的青蛙都叫了。那高一声低一声、长一声短一声、轻一声强一声的歌唱,犹如天籁。也有青蛙"扑通"从水里跳出来,我们想,那青蛙一定在那儿的草里看着我们。

当然,也有例外的时候。一次,我们又来到塘边,我们在塘边看到几个孩子。孩子们把一根绳子绑在树枝上,然后把绳子伸进塘边的草丛里。我们不知道孩子们做什么,就问:"做什么呢?"

"钓青蛙。"一个孩子说。

另一个孩子则说:"没有青蛙了,钓不到。"

我们前不久还在这儿听到青蛙的歌唱,我们不相信没有青蛙,但侧耳细听,果然,没有听到青蛙的叫声。

不久,孩子们走了。他们才走,一只青蛙就叫了起来,然后,满塘的青蛙都叫了。也是此起彼伏,不绝于耳,青蛙又开始了它们的歌唱。但就在青蛙欢唱着时,一个人走来了,这人我们认识,我们叫他老范,是个专门在山上捉石鸡、水里捉青蛙的人。他跟我们也熟,他说:"你们在这儿做什么呢?"我们说:"我们在听青蛙叫。"

老范说:"胡说八道,哪里有青蛙叫? 我怎么没听到?"

老范说完,我们真的就没听到青蛙叫了。青蛙又停止了歌唱。

不过，老范一走，青蛙又叫了。那高一声低一声、长一声短一声、轻一声强一声的鸣叫，真的就像歌唱一样，拨动着我们的心弦。

栽荸荠的男人

刘国芳

　　割了早稻,就可以栽荸荠了。男人提了荸荠种往地里去,那荸荠种,其实就是长了芽的荸荠。男人要一个一个把荸荠埋在土里,费工费时,一天也栽不了多少地。在男人栽着时,有村里的人从男人地边走过,他们说:"栽荸荠呀?"

　　男人说:"栽荸荠。"

　　也有人说:"你怎么还栽荸荠呢?"

　　男人听不明白这话,说:"不栽荸荠栽什么?"

　　人家说:"栽荸荠划不来,太费时间了。"

　　确实,栽荸荠费时间,男人栽一亩地的荸荠,就要好多天。男人倒不怕费时间,天天到地里来,但那些天,男人没看到别人来栽荸荠。别人地里也有人,但没人像男人一样栽荸荠,他们栽白菜,栽萝卜或者继续栽禾,栽晚禾。有些地里什么也不栽,干脆让地空着。男人就觉得奇怪,男人咦一声,男人跟自己说:"怎么大家都不栽荸荠呢?"

　　渐渐地,男人地里长出荸荠苗了,嫩嫩的翠翠的,惹人喜欢。以后,男人每天都要到地里走一走,看着荸荠苗一天天长高,男人心里非常高兴。但男人心里又有些失落,以往,边上的地里栽的全是荸荠,绿油油的一大片,甚至都望不到边。但今年,只有男人的地里长着荸荠苗。这一小块地孤孤零零,男人坐在自己地边上,也感觉到一种孤独。

荸荠苗又长高了,有一尺多高。男人看着,心里喜不自禁,男人跟自己说:"地里长荸荠了。"

在男人坐在地边时,几个人走来了,明显,他们是城里人,一个人看着荸荠苗说:"这是什么呀? 从来都没见过。"

一个人说:"这不就是禾吗?"

一个人说:"不是,肯定不是。"

男人听到了他们的话,笑着说:"这是荸荠。"

几个人就说:"呀,这就是荸荠呀,我们从来没见过。"

一个人看出一些端倪,说:"我们走了半天,怎么只看到你这块地栽荸荠呀?"

男人说:"栽荸荠费工费时,他们都不栽了。"

有人说:"那你为什么还栽呢?"

男人说:"我不栽,你们城里人就没荸荠吃了。"

几个人点点头,走了。

转眼就可以挖荸荠了,男人挑着箩,挑着四尖锄,下地挖荸荠了。这明显又是费工费时的事情,男人从早累到晚,也就挖了一百多斤。一天傍晚,男人挑一担荸荠回家,路上一个人看着他说:"你今天就挖这么多荸荠?"

男人点点头。

那人又说:"栽荸荠划不来,你看你一天挖到晚,也就挖一百多斤,还不如到城里打一天工,也可以赚你这担荸荠钱。"

男人说:"难怪你们都不栽荸荠了。"

那人说:"不栽了,栽荸荠真不如去城里打工。"

男人没说什么,挑着荸荠走了。

一亩地的荸荠,天天挖,也要挖半个多月。男人那些天几乎天天在地里挖荸荠。一天在地里正挖着,落雨了。雨一落,泥巴就湿了。泥巴一湿,就粘鞋。男人一双鞋,粘满了泥巴,重得男人脚都提不起。泥巴不仅粘在鞋子上,还粘在衣服上。男人挖了一上午,满身都是泥巴,像个泥人。地太黏,也不好挖,男人一上午,也没挖满一箩。后来雨大了,老婆来喊男人回去。老婆对男人也有意见,老婆说:"叫你不要栽荸荠,你偏栽,你就是不听人家的话。"

男人说:"我喜欢栽荸荠。"

老婆说:"喜欢也要看是不是划算,不算这荸荠要在地里长四个月,就是现成的放在地里让你挖,一天也只挖一百多斤,也就是你一天打工的钱。你有手艺,出去打工怎么也比栽荸荠强。"

男人说:"我喜欢地里长出东西来,地里长出的东西,看着都舒服。"

老婆说:"舒服什么?你看看人家,谁还栽荸荠?"

男人说:"我不管别人,反正我要栽,如果大家都不栽,以后恐怕就没有荸荠这种东西了。"

老婆说:"你还会杞人忧天。"

男人说:"我不是杞人忧天。"

挖了荸荠还得卖,男人这天去卖荸荠,临出门时,老婆又唠叨着说:"大家都知道栽荸荠不赚钱,赚钱不栽荸荠,不晓得你为什么就是要栽荸荠。"

老婆还说:"你今天就是卖了这担荸荠,也就是一天的工钱,以前那些时间算是白费了。"

男人没理睬老婆,走了。

一个小时或两个小时后,男人到街上了。才放下担子,一个女人走了过来,女人看到男人的荸荠,满脸兴奋,女人说:"我这几天都在街上找卖荸荠的,总算找到了。"

男人听了,心头一热,笑了。

四芽儿

赵长春

人们对四芽儿的认可度或者信任度越来越低，是近二十年来的事情。

人们是指袁店河上下的乡亲们。四芽儿是老中医杨四。

四芽儿很早就入过县志，当时是在乾隆年间。四芽儿能入县志是杨四的爷的爷的爷的爷的功劳。那时候，四芽儿是一味中药。传承久了，袁店河上下的乡亲们就把祖传的杨氏中医的坐堂先儿（袁店河俗语，称医生为"先儿"）尊称为"四芽儿"。

现在，杨氏中医的坐堂先儿就是杨四，人们依然走老辈子的称呼：四芽儿。杨四行四，"四芽儿"用袁店河的儿化音去读的话，又有"四爷"的味道。杨四听着很受用。

可是，人们对四芽儿的认可度或者信任度越来越低，特别是这些年来。

杨氏中医可谓祖传，专治跌打损伤。二三百年来，其闻名袁店河上下最关键的就是四芽儿，辅以大蒜汁、雄黄酒冲饮下，活血行血，补气理气，不用刀锯不上夹板不动筋脉，半月二十天即好，打破了"伤筋动骨一百天"的传统俗念。所以，南阳、信阳、老河口、武当山等地都有人来求药，甚至白马寺、黄塔寺的正骨传人也来袁店河拜过四芽儿。

四芽儿无非是黄豆芽、绿豆芽、黑豆芽、红豆芽，根须及豆瓣齐全，芽叶儿刚抿开嘴，泛出浅青色最佳。将这四样芽儿黄绿黑红左右依次排在一拃厚的百年老瓦上，搁于阴凉通风处三日，置于向阳通风处三日，再用铁锅下燃松针焙干，碾末儿，和以松香成圆丸，如蚁；另选紫皮独头大蒜三，切之为片，晾一刻，石臼中捣烂取汁，滴入雄黄酒中——酒也有讲究，袁店河特产的小米"袁店黄"酿制的黄酒，雄黄入之，时间愈久愈佳——以此为冲剂，将"四芽儿"丸服下，隔三日一次，一次一丸，半月至多二十天，哪怕双腿摔断，亦能下床行走自理乃至正常生活，甚至可再打柴采药于罗汉山上！

当然，这是有些年头的事情了。现在，四芽儿的药效大不如前。

于是就有了各种传闻。最多的是杨四未能得到四芽儿真传。杨氏中医传男不传女，并且只传长房长孙，辈辈绵延。而到了杨四一代，没有传于杨老大，就是一件怪罕的事。对此，后来在省城做官而赋闲回乡的杨老大说，自己早早地参加共产党闹革命了，老二吸大烟，老三跑了汉口，传于老四是最正确的选择。

人们还是不信。因为杨四是二房的二子，行四。老杨四芽儿到底是舍不得将祖传的秘方真谛说与杨四的。所以，杨四到底不是人们心目中真正的"四芽儿"。

对此，杨四淡然一笑，依然坐杨氏中医正堂。那堂案实在久远，紫檀木被药香浸润出了油亮的原色，闻着欣然，抚着舒然。杨四最喜欢的就是这种感觉。尤其是午后，浓茶一杯，悠然展坐太师椅上。阳光从牛皮亮窗上投下来，橘黄又温暖地覆了一身，一个小觉半个时辰，很是惬意。醒来，就是和老哥们儿高文兵聊天说地，言来语去，无非是以下内容：

……该冷不冷该热不热。没有冬天了，夏天倒更像个夏天。河干了水少了喝着苦不溜丢的。看现在年轻人的德行，担当不了个啥事！山上没有好药了。都是化肥、农药喂出来的。肉不香了。啥都是吃药长大。黄豆、绿豆、黑豆、红豆都是化肥、农药催大的，能有啥药性？老时候天雨地风，自然孕育，有好药，怪病也少……

说来说去，无非是以上内容。

有件事，杨四一直埋在心里不说。他知道高文兵最想问的或者套出来的是"四芽儿"。杨四就是不说。杨四在心里告诫自己：我就是不说！

　　杨四在心里告诫自己就是不说的是四芽儿的来历：冬至到立春的数九天，将黄豆、绿豆、黑豆、红豆排入冬眠的癞蛤蟆口中，埋在袁店河畔向阳的湿泥窝里。半月后，癞蛤蟆嘴中长出豆芽，用竹筷子轻轻挑出……雄癞蛤蟆的四芽儿治疗女人的跌打损伤，雌癞蛤蟆的四芽儿治疗男人的跌打损伤。

　　杨四心里说，说也没有用，袁店河快没有水了，癞蛤蟆也没有药性了。

　　高文兵给杨四续上茶水，说："哥，明儿我还来。"

躲　五

刘正权

尹小妹在五月初五这天起了个大早。在黑王寨起这么早的孩子不多见,不是黑王寨的孩子有多懒,而是孩子们都在学校里住着读书,不到放假不会回来。

难得端午节成了国家法定假日,但孩子们都还在梦乡里呢。尹小妹起得早是因为尹小妹这个星期请了病假,都在家待得发了霉。都是叫那个疖疮给惹的,尹小妹为这事气得不行,就是得个别的病也行啊!尹小妹虽说才念小学二年级,可门门功课都占第一的,第一个得疖疮可不是她想要的。

尹小妹自然就觉得委屈了,她可是最爱干净的孩子呢,都怪学校条件差,那么多孩子挤一屋,不长疖疮才怪呢!

难得在家过个端午,尹小妹觉得这总算是不幸中的万幸。

割了艾蒿回来,尹小妹就搬了凳子出来,垫在脚下,探着双手往门楣上插艾蒿。听奶奶说,五月端午这天插的艾蒿以后煮水洗澡,身上可以不痒的。

这疖疮可让她痒得难受呢!

插完艾蒿,尹小妹就去奶奶床上抽丝线,奶奶床头拴了各种颜色的丝线,据说用处大着呢!比如说今天吧,往年的今天,奶奶会给尹小妹手腕上系五彩的丝线来躲避妖怪。奶奶嘴里所谓的妖怪,不过是蛇、蜈蚣、蝎子、蜘蛛、黄蜂等五毒之流。老辈人传下来的习俗，系了五彩丝线，五毒就不敢近身了。所以端午节在黑王寨，又叫躲五。去年端午节，尹小妹是在学校过的，奶奶没给系上五彩丝线，结果，巧不巧？尹小妹就得了疥疮。

尹小妹今儿就自个儿来挑丝线了。别看尹小妹才八岁，可已经晓得爱美了。奶奶老眼昏花，哪次不是挑的黑线白线多，红的黄的紫的才几根，根本没点儿五彩的意思。

奶奶在厨房里包粽子，尹小妹就先抽红的，再抽黄的，红配黄喜洋洋！又挑了绿的，最后扳着指头算了算，才象征性地挑了两根黑线和白线。奶奶说了，戴了五彩丝线的孩子，未满十二岁的，心肠好的，可以看见金环五爷呢！

金环五爷，那可是传说中的神仙呢，听说谁要被金环五爷摸了头，能一辈子无病无灾呢。

尹小妹就低了头，编五彩丝线，想象金环五爷的模样。

奶奶粽子没包到一半呢，爹和娘从寨下卖了黄鳝回来了。今天是端午节，黄鳝一下寨子就被贩子抢购一空了。

爹娘很开心，数着票子冲奶奶说："妈，别包了，难得小妹在家，我们一起到街上过端午吧！"

奶奶说："行啊，就怕小妹吹不得风！"

爹说："哪那么娇贵啊，小妹是长疥疮，又不是出风疹！"

小妹一听去赶集，当然高兴。小妹说："行啊，我早就想上街了呢，编完五彩丝线我们就走！"

娘笑小妹说："人家街上人不兴戴五彩丝线的！"小妹不信，说："那他们街上人咋兴过端午呢？"

娘没话了，娘说："你麻利点儿，我们得赶在太阳出来前下寨子，待会儿太阳一出来，能热死个人呢！"

尹小妹说："行，你们先带着奶奶下去吧，反正摩托车一趟也坐不下四个人！"

爹娘想想也是，就换衣服，一迭声催奶奶："快点儿快点儿，日头已经在往山尖上爬了呢！"

爹一溜烟下了寨子，等他又一溜烟爬上寨子时，门口却没了尹小妹的人影。

"去哪儿了？"爹正四处张望着呢，尹小妹回来了，后边还跟着一个人，是五爷！

尹小妹手上缠着五彩丝线，五爷手上也缠着五彩丝线。爹问："小妹你做啥呢？"尹小妹晃晃手腕说："请五爷出来躲五啊！"

爹生气了，说："五爷又不是小孩子，躲什么五？"

尹小妹嘴一嘟："你们平时不都说五爷是老小孩吗？老小孩不也是小孩，不也得躲五啊！"

爹就没话了。尹小妹患疥疮，还是五爷把家里藏了三年的艾蒿拿出来给尹小妹烧水洗的澡呢！五爷是个老光棍，往年都在他家过端午的！

听奶奶说两家祖上同宗呢！

爹就红了脸，说实话，这次下寨子过端午是媳妇的主意，媳妇说过个端午，老搅和一个外人，像啥话呢？尤其今年，五爷得了支气管炎，动不动就咳上一嗓子，很让媳妇不舒服。

爹带了五爷和小妹往寨下骑，太阳这会儿已经升起来了，老远，奶奶和娘就看见小妹了。在小妹身后，金红的晨雾从云中一层层透下来，落在一个老人的头顶上，一抖一抖地，现出一道道光环来。

"金环五爷！"娘忍不住叫了一声。

奶奶没叫，奶奶手搭凉棚望过去，自言自语地说："也就碰上小妹这好心肠的娃儿，金环五爷才肯现身的！"

落　福

刘正权

过年的时候,天居然热了起来。

这在黑王寨不多见!当然,这个热跟天气没太大的关联,寒冬腊月的,能有多热呢,这里说的热是人闹腾出来的动静。

年下了,该回家的人都回来了,寨子里以往的空旷就被各种声音填满了。

一年不见,冷不丁在寨子口撞上,男人们互相擂上两拳头,女人们互相搂着腰。几句暖心窝的话一掏出来,心头不就暖暖的了?

难得的几天热呢,连寨子里的鸡啊狗的都晓得这个谱,不辞劳苦地配合着主人,此起彼伏地喧闹着,有点儿不遗余力地兴奋。

也是的,年一过,这份热闹就又归于山林了,山林里多数时间是安静的,死一般的安静。

四姑婆就在这热天的傍黑出了门,这个门出得有点儿远,四姑婆一直出到寨下河边大老史的门口。

大老史正在河边转悠,看见四姑婆下来,吓一跳。黑王寨人都晓得,身上通神的四姑婆是轻易不登别人门的,这会儿可是年下呢,而且还是傍黑!

大老史就急忙迎上四姑婆说:"姑婆您有事带个信就成,还劳您踩黑下来!"

四姑婆说:"我没事。"说完扭着一双小脚左右张望着,大老史顺着四姑婆的眼睛望,一望,望见大老吴的影子从集上挪了回来。

大老吴是特意摸黑回的寨。

也是的，年下了，家家户户没了往日的冷清。唯独他大老吴，愈发地冷清起来。光冷清，大老吴也不觉得有啥，关键是年货，让大老吴脸上挂不住。

前段时间，集上办年货的人多，那鱼啊肉的就一个劲往上涨价，涨得大老吴捡一天的破烂还换不回一条鱼。大老吴心说，忍一忍，等大伙年货都备足了，自己再去买鱼。肉可以不买，鱼是年下桌上必须有的一碗菜。

不然，怎么年年有余呢！

但偏偏，大老吴今天去赶年下最后一个集时，傻了眼，别说鱼了，连片鱼鳞都没见着。

大老吴无奈之下，只好把买鱼的钱买了半袋子大白萝卜，萝卜上街，药铺不开呢！

没病没灾过个年，比年年有余也差不到哪儿去啊！大老吴这么想着，脸上就挤出一丝笑来。

四姑婆是迎着大老吴的笑打的招呼。四姑婆说："大老吴哎，过年办的啥年货啊？"

大老吴急忙把手里的蛇皮袋往后面藏，说："没，没啥！"

"没啥你还藏？"四姑婆脸上不高兴了，"怕四姑婆抢了你的还是贪了你的？"

大老吴被四姑婆拿话一逼，不好再藏了，只好红着脸把蛇皮袋挪到面前，嘴里嗫嚅着："几根萝卜，真没啥的！"

四姑婆就一脸欢喜样："真是萝卜？"

"嗯，真是！"大老吴点点头，"几根萝卜，在黑王寨不算稀罕物儿啊！"

四姑婆却一脸稀罕样地扑上来，抢住那个蛇皮袋冲大老史说："大老史你借我几条鱼用用，待会儿我叫四爷送你钱！"

"借鱼用用？"大老史一怔。

"是啊，我换大老吴的萝卜！"四姑婆急急忙忙的。

鱼换萝卜？这下不光大老史发怔，大老吴也发了怔，四姑婆天天烧香敬神烧坏了脑子吧!

四姑婆见他们发怔,脸一扬:"我说你们啊,白活了大半辈子! 这萝卜在过去可是吉祥物呢!"

"萝卜是吉祥物?"大老吴、大老史对望了一眼。

"萝卜就是落福呢!"四姑婆嘴一撇,"亏你们还经常看电影电视,就不晓得留点儿心!"

"留什么心?"大老吴、大老史异口同声发了问。

"你们就没看见,过去大户人家,皇亲国戚啥的拜神敬祖宗,除了猪头三牲,哪个场面少得了白皮萝卜,求的就是落福到自个儿头上啊!"

大老吴没看见,看见了也肯定没留心。大老史同样没看见,看见了同样也没留心。黑王寨只长红萝卜,这白萝卜是外地种,个大,汁甜。

大老吴就眼睁睁看着四姑婆从大老史那儿提了鱼来换自己的萝卜,好在四姑婆还给大老吴留了一个大萝卜。

落福落福! 怎么也得让大老吴落点福!

落了福的大老吴就心满意足背了蛇皮袋子上寨子,这下好,不光落福还年年有余了。

大老史见大老吴走远了,就背起地上的萝卜,说:"姑婆我送您回寨子吧!"

四姑婆说:"送什么啊,送我还不是得自己走啊!"

"我送这萝卜啊!"大老史拍了拍蛇皮袋说,"它可不晓得自己走啊!"

四姑婆笑,说:"留着给你落福吧。钱,你四爷待会儿就会送下来的!"

"不拿它敬神?"大老史蒙了。

"敬什么神啊,我听陈六赶集回来说,大老吴在集上办年货啥也没办着,才想的这一出,总不能咱们一寨人过热乎乎的年,把大老吴一人撇年外头吧!"

大老史眼圈一红,说:"四姑婆您真是给人落福呢,那您也搭帮我落一回福! 这鱼当我送大老吴的,行不?"

见 老

刘正权

华宝是个不见老的人。

在黑王寨，不见老的只有石头，河里的水哗哗地流，石头却一直老模老样待那儿不动。华宝倒是在动，但怎么动也就五六十岁的样儿。

不见老的华宝是个吹鼓手，专门给人坐丧的吹鼓手。这样的吹鼓手总给人不喜庆的感觉，但华宝自己把日子过得很喜庆，常常骑一辆弯梁小轻骑在寨前寨后窜。寨里有那嘴巴刻薄的人见了，打声招呼说："华宝叔，您这是恨人不死啊！"

也是的，在华宝嘴里不知道送过多少老人上山了。

华宝坐丧鼓，坐得自己都不好意思了。有多少明明该走在华宝后面的，偏偏要华宝唱着丧歌送别人最后一程，有时一通宵丧鼓坐完，华宝会使劲在自己眉头和脸上搓一把。

那皱纹咋就不加深呢！

加深的是他口袋的钱。寨里人都晓得，华宝有钱归有钱，却一分也不现婆娘的眼。

婆娘是个上不了台面的人。一个有同情心的人，是不肯多看她一眼的，华宝当然有同情心，而且有很大的同情心。

婆娘就成一件摆设了。

这也是华宝坐丧鼓格外卖力的原因。

一般人坐丧鼓,简单。天黑开场,一人唱前半夜,一人唱后半夜,从亡者的生唱到死,唱出亡者在世的千般好来。可孝子贤孙却不觉一点儿好,昏昏沉沉地靠在墙上,嘴里咿咿呀呀地不明所以。

到了华宝这里,可能是送的人太多,一回加一点儿内容,一回弄点儿玩头儿,居然形成一个程序,整出八个步骤来。

从开场,唱歌,叫碗子,开炉,奠酒,招魂,转阳,到送神把亡者天堂之路安排得停停当当。这期间,孝子贤孙是不得闲的,要配合! 当然主要是看新鲜。丧事在乡下是不亚于婚嫁的大事,得隆重,得讲究,得有说法。

比方说叫碗子,是请亡人吃饭。

比方说开炉,是为了压阴气。

一点儿做得不周正,丧家就会不开心。

"死人大过天!"这话在黑王寨传了至少好几百年。

这一回,寨上死的是老书记。老书记的儿子在外地做事,看样子日子过得瓷实,请华宝时就一句话:"只要您老唱得到位,过场走得好,我爹走得顺当,工钱双倍!"

双倍,这在黑王寨属破例呢。华宝自然也就破了例,唱得凄凉而哀怨,婉转而动容,其悲伤之情自喉咙自胸腔一分一分往外漫。

整个夜晚,黑王寨就笼罩在这悲声之中,有点秋风秋雨愁煞人的味道!

婆娘是来给华宝送御寒的棉大衣时听见这悲歌的,听见了就怔了一下,狗日的华宝自己的爹过世时都没唱出一丝哭腔来,这回倒好,字字带血句句带泪呢。

婆娘怏怏然夹了大衣回去了,亲情温暖不了的人,让钱暖他的身子去吧!

华宝的嗓子是在后半夜唱破的,因为投入,就有点儿悲从中来的意味,招魂时他刚凄凄切切叫了声"回来哟,跟我走桥过路哟",就塌了气!

怎么能在这么紧要关头塌气呢? 招不了魂的人是转不了阳的,书记的

儿子脸上写满了不悦。

华宝腆着脸喝口热茶，再提气，强逼着自己哑着嗓子把过场勉勉强强走完，人却没了半点儿精神。

书记的儿子没食言，钱给了双份，华宝捏着双份钱骑上弯梁车气愤愤往家赶，狗日的死婆娘，棉衣都不晓得送！回去看老子怎么收拾你。

因为带了气，华宝就骑得不像平日样四平八稳，在一处石坎上颠了起来。

结果是，华宝结结实实躺在了地上，躺下时，他明明白白看见老书记在前面冲他招了招手。莫不是老书记的魂真没招走？华宝脸上一下子失了血色。

人是被婆娘扶回去的！

请医生看了，说是熬夜熬得很了，人有点儿虚脱。调养了一个月，华宝再出门，寨子里老老少少见了，吓一跳，说："华宝叔，咋这么见老啊！"

华宝自己也吓一跳，拿手在眉头和脸上使劲揉，却没半点儿感觉。

真老了呢，连手劲都没有了！

华宝快快坐上一块石头，一股阴冷之气袭上来。华宝打了个寒战，悲悲切切唱了起来。

唱的是招魂那一出。"只有招了魂才好转阳的！"华宝想。

牙 齿

芦芙荭

　　六岁的那年春天,有天早晨起床,我发现我的一颗牙齿掉了。奶奶在老的时候,那牙隔三岔五地就会掉一颗,直到后来,满嘴里找不出一颗牙了。我捧着我的那颗牙齿,哭了起来。我说:"我也要老了,我会像奶奶那样老了。"

　　我的话把大人们都惹笑了。他们说:"你那是换牙呢。小孩在长大的过程中,都是会换牙的。"他们让我张开嘴,一边看一边说,要是上边的牙掉了,就悄悄地把牙放到门墩上。若是下边的牙掉了,就要扔到房顶上。过一阵,新牙就会长出来的。

　　我掉的是下边的牙。

　　我拼命地把牙往房顶上扔去。可那颗牙齿仿佛不愿离我而去,竟然顺着瓦槽又骨碌碌地滚落下来。如此反复几次,最后,我不得不搬来只凳子。我站在凳子上使足了劲,总算把牙扔上了房顶。我竖着耳朵听,再没有了那骨碌碌的声音了。我想,我的牙终于落脚在房顶上,开始生根发芽了。

　　我站在初升的太阳下,豁着一颗牙,心里却阳光灿烂。

　　那天中午,就在我渐渐地忘记了掉牙那件事时,突然听见村子里传来吵架声。那时的我,最喜欢的就是吵架了,吵架会让寂寥的村子变得热闹起来。

我们赶忙跑过去看。

小寡妇的门前已聚集了好多人,他们站在那里,都是一脸幸灾乐祸的样子。

小寡妇和村里的杨二嫂像两只母鸡一样撕打在一块。

小寡妇在村里开了一家豆腐房。村子里的人,要吃豆腐了,都会去她家买。有时,手上没钱时,也可以用豆子去换。村里的人都说小寡妇的豆腐好吃。杨二嫂几乎天天都要买小寡妇家的豆腐。

那时,小寡妇的豆腐篮已被杨二嫂踢翻在地,篮子里的豆腐滚落一地。豆腐上全是灰。有闲人将地上的豆腐拾起来,可那豆腐上的灰拍也好吹也好,就是不掉。

我不明白,小寡妇和杨二嫂平时关系是那样的好,怎么会打起来呢?

旁边的人就说:"真是出了奇事了,小寡妇的豆腐里怎么就会长出牙来呢?"

原来,杨二嫂八十多岁的婆婆,就喜欢吃小寡妇家的热豆腐。今天上午,杨二嫂去小寡妇家称了一块豆腐,拿回家给婆婆吃时,吃着吃着,竟然吃出了一颗牙来。老太太说:"这豆腐怎么这么厉害呀,竟然能把我的牙给磕掉了。"

老太太八十多岁了,满嘴只有一颗牙了,这可急坏了儿孙们。扒开老太太嘴一看,真是奇了,老太太的那颗牙,竟好端端地在那里呢。再看老太太的手里,果然是握着一颗牙的。

后来,确定是小寡妇的豆腐出了问题。杨二嫂就握着那颗牙去找小寡妇说理,说着说着,两人就吵了起来。再后来不知是谁先动了手,两个女人就打了起来。

一颗已失去作用的牙,什么都咬不动了,却咬断了小寡妇和杨二嫂维持了多年的关系。

这之后好长时间,杨二嫂和小寡妇不再说话,而小寡妇的豆腐也很少有人去买了。

半年后,我嘴里长出了一颗新牙。我慢慢地也就忘了我扔到房顶上的那颗牙。

麦子,跟我回家

秦 辉

张家阿婆挎起篮子走出家门的时候,老伴儿还在沉睡,饭菜都在锅里,他醒了只须在灶膛里加把火就行。她向东边的天空望了一眼,天刚露白,小村还在梦中。

自家的麦子已经割完,都摊在了晒场上,只等着扬出来颗粒归仓了。

现在的人们,活儿干得越来越省事,以前割下的麦子都用绊子绳捆起来,捆得结实,抱着沉实,感觉踏实。记得那些年每到麦子快熟时,都要去薅绊子,然后拖回家,打成绳子。老伴儿打绳子的手艺在村里是出了名的,他打的绳子长而粗,捆得多,扎得牢。现在不用那个了,木叉挑上车,网子一罩就拉走,挑得不干净,罩得也不严,麦穗也就一把一把地往下掉。

阿婆看着那些被丢下的麦穗就心疼,现在的人咋就这么狂呢?那可是粮食,是用肥料浸着汗珠子种出来的,咋就这么不珍惜呢?所以,阿婆在自家麦子收完后,就开始拾麦穗,这已经是第三天了。

对面走过来一个人,是田家二叔,他说:"嫂子,还拾呢,拾这干啥呀?"阿婆说:"闲着也是闲着,看着心疼呢。"

她拾麦穗家里人是一致反对的。当经理的大儿子说:"娘,你拾一天还不够我吸一支烟呢。"做了主任的二儿子说:"娘,别去拾了,让人家笑话。"炒房地产的女儿说:"娘,你一天拾多少斤,算成钱我补给你。"可不是吗,儿女们都有出息了,啥也不缺了,住高楼,穿名牌,手机两个三个地拿。可阿婆总觉得他们身上缺了点什么。

前些年,他们还小,她与老伴儿起早贪黑地从地里淘钱供他们上学。那年,老二考上重点高中,老伴儿把麦子全卖掉才交了学费,老两口吃了一年的玉米面窝头。

去年,女儿收拾好了一套楼房,要接老两口到县城。大儿子把地给偷偷承包了出去,她知道后,大病一场,三天不吃不喝,硬是逼得儿子没办法,又把地给要了回来,几个儿女也绝口不再提去县城的事。她就是不明白,没有了地种的农民叫农民吗?没有了地的农村叫农村吗?村里的年轻人都出去打工了,村里的很多地也被盖成工厂了。看着越来越少的土地,阿婆心里阵阵绞痛,都进城了,都不种地了,那吃啥呢?

想着想着,阿婆走到一片刚刚收割过的麦地,齐刷刷的麦茬儿间躺着一穗穗甚至是一堆堆的麦子。现在的人,都懒得去弯腰了。是啊,这些麦穗能轧出几斤麦子?这几斤麦子又能卖几个钱呢?

阿婆蹲下去拾着一穗穗沉甸甸的麦子,那些麦穗像一个个被抛弃的婴儿忽然看到了妈妈。它们冲着阿婆扬着胖脸,张着小手,阿婆将它们一穗穗捡起放进篮子,对待孩子一样,小心翼翼,充满爱怜。一会儿的工夫篮子就满了,她倒进编织袋中,又蹲下去。

忽然有点头晕,眼前一黑一黑的。这毛病有些日子了,她没对儿子们说,没病时他们还让她去体检,如果说了,还不定咋折腾呢,查这查那吃药打针。庄稼人谁没个头疼脑热的,干啥大惊小怪的。

怎么有点心慌呢,是不是早上出来没吃饭?不对,是吃了呀,要不是这些天收麦子忙的再加上天热?要不回家休息会儿再来?阿婆挎起篮子,拖着编织袋,站起来想走,但看到那一穗穗还躺在地上的麦子,它们那样渴望与她一起回家,她犹豫了,还是再拾些吧。

太阳出来了,有点风,热风,是个扬场的好天气。老伴儿这时候该起来吃过饭去了晒场吧,儿子们可能也回来了,说过今天回来扬麦的。还有大孙子,那个皮小子,回来肯定是先找奶奶吧。地里种的小甜瓜一个还没摘,都给他留着呢。

怎么这么热呢?有点胸闷,这是怎么啦?真是老了,不中用了,手也不听使唤了,有点麻。这穗麦子这么沉,咋拾不起来了呢?太阳落山了吗?这么黑,无边的黑,黑得吓人……

地上的麦穗好像一点也不见少,它们躺在那里,它们看着阿婆慢慢倒在了地上,压在了它们身上。它们感到阿婆的体温,它们听到阿婆的喃喃自语:"麦子,跟我回家。"

被男人包围的女人

黄立温

在每一个村庄里都有许许多多普普通通的人,他们平凡得就像田间地头的石块。但是就算石块吧,仔细瞧也是有棱有角的,任凭风吹雨打,又粗又硬地摆在那里,点缀着平淡的原野。我们村老章头的老婆就好比棱角特别尖利的石块,要不然他们的家长里短就不会被村里人常挂在嘴边。

老章头身板硬,很敦实,当过队里的石匠,十二磅重的铁锤他抡起来像风火轮,饭桌大的石头几下子就四分五裂。他的样子看起来挺凶,外人见了都畏惧三分。谁知,他却是银样镴枪头的主儿,老实出了名,从没跟谁大声嚷过哩。

他老婆相反,是个全村出了名的泼辣婆,吵架骂娘比干活还抢手。这还不算,她性格古怪,说话损人。比如人家女孩儿考上大学,请酒庆贺,她却酸酸地说什么白送人家媳妇儿读书。村子并不大,这话很快传到人家耳朵里,惹得人家一百个感冒。村子里的残疾孩子上学,她也要讥笑人家上学如同守庙菩萨,在人家的苦处撒沙子。人家生病,她偏在人家面前装快活,说什么医生想捞她家一分钱也难。儿子娶媳妇儿,她眼睛直勾勾地,好像媳妇儿是个贼似的,弄得儿媳从没跟她攀过一句话,婆媳关系僵得跟烤不熟的红薯一样。人家老人盼望抱孙子,她倒好,从来没碰过孙子,更不用说洗衣换尿布。反正对人和事她的脾性从来又粗又硬,不懂人情世故。如此一来,全村男女老少自然没人愿意搭理她。

按理说老章头也该教导一下自己的老婆。偏偏老章头见她就像老鼠撞上猫,经常被她欺负,有时打骂太过分了,连周围人都看不下去。老章头呢,愣是打不还手骂不还口,骂得越凶耳朵就越聋似的,打得多了干脆像个稻草垫子,让你打得没劲。老章头样样依着老婆,大伙都说老章头莫不是没魂了,都当他是"木头人"。

多年来大伙总搞不明白,五大三粗的老章头为啥怕老婆。

老章头想委曲求全可不容易哦。有一天他老婆闹大了,火气冲天,狠砸了板凳,想不到把老章头的肋骨打伤了。老章头被送到卫生院治疗。这事顿时成了村里的头条新闻。

她打老公事小,打男人事大。男人们自然要为老章头打抱不平了。你想,这事要传出去,全村出了个"妻管严"典型,以后村里男人岂不被人笑话,面子往哪搁呢?大伙早看不惯老章头麻木不仁、逆来顺受的孬样。这不,激起男人们的义愤了。大伙趁着赶圩经过卫生院门前,都闪进去给"木头人"摆摆理,说说道。七嘴八舌,吵吵嚷嚷,好话狠话说绝,恨铁不成钢,非要让"木头人"开窍开窍,通融人情,摆正男人样。无论如何,一定要给老章头"平反",教育一下他老婆学会做人。

面对众人的苦口婆心,沉默不语的老章头突然摆手,叹着长气说话了:

"唉!家家有本难念的经,念不下去也得咽下去。说来大家不了解个中疙瘩。我知道大伙的好心,就明说了吧。我要一巴掌,她立马趴下。可是再有力气也打不到心病啊。我老丈人当年说了,他们家小女从小就没有娘抱,家里都是爷们儿,没女人疼过她,养成她的怪脾气。我要看上她,往后就得多担待些,要不她就可怜一辈子了。她嫁到我们家,生的又全是伢子,可怜哦,一辈子都被男人围着,也不知道怎么做女人。她骂我,打我,只有我才惦着她的难处,我心里替她苦哩!我要不顺着她,唉,可怜的女人,做不成女人哟……"老章头最后竟哽噎起来。

唉,可谓闻所未闻,原来"木头人"肚子里长着一副软心肠,就为了铺垫他那个像石头一样又冷又硬的老婆!大伙无言以对。

拔几根葱不是小事儿

苏三皮

牛筋老汉坐在村西头的石碾上想事儿,很专注,很投入,很有哲学家的范儿。

老伴儿从地里放水回来,经过村西头看见坐在石碾上的牛筋老汉。老伴儿吼牛筋老汉说:"你这个傻帽牛筋,犟牛筋,死人牛筋,你以为你就这么在石碾上坐着,地里就能冒出水来?就能长出庄稼来?"

牛筋老汉瞥了老伴儿一眼,不做声,不恼怒,也不理会老伴儿。牛筋老汉清楚老伴儿的德性。老伴儿吼归吼,嘴巴也有点儿毒,心却是豆腐心,好得很,善良得很。

牛筋老汉想的事儿说要紧也要紧,说不要紧也不要紧。本来,牛筋老汉对这事儿就不甚上心,这村主任无论谁来当都是一个样,他牛筋老汉多吃一口、少吃一口都是自个儿的事情。但是,要竞选村主任的吴德一大早就敲开了牛筋老汉家的门。近些年,吴德闯世界,办企业,口袋鼓了起来,咸鱼倒是翻了身。吴德拐了好大一个弯才表达了他要参加村主任的竞选,要牛筋老汉投他一票的意思。牛筋老汉倒是十分佩服吴德的能力,但是有件事儿搁在牛筋老汉的心里,很不自然,很不舒坦,不吐不快。

这事儿说大不大,说小不小。那是五年前,吴德顺手在牛筋老汉家的自留地里拔了几根葱,刚好让牛筋老汉给碰上了。牛筋老汉不把几根葱当回事,但把吴德的行为当回事。这就是大事儿了。牛筋老汉牢牢地记得儿时他母亲"小时偷针,大时偷金"的教训。虽然从那时起,牛筋老汉再也没有见过或听说过吴德有什么见不得人的事,但是这件事仿佛在牛筋老汉心里打了一个死结,难解得开。

所以,当吴德委婉地表达了他要竞选村主任并让牛筋老汉投他一票时,牛筋老汉沉默了。见牛筋老汉不作声,吴德就让牛筋老汉好好考虑一下。末了,吴德又承诺,一定会尽自个儿最大的能力让大伙儿过上好生活,小康生活。但是牛筋老汉还是不作声。在吴德后脚跨出门槛时,牛筋老汉叫住吴德。牛筋老汉对吴德说:"有件事儿,不知道当不当讲……"

吴德回过头对牛筋老汉说:"叔,有事儿您就讲,尽管讲!"

牛筋老汉说:"俺记得,你五年前在俺家自留地里拔了几根葱。"

吴德的脸一下就红到了耳根儿,嗫嚅着说:"叔,可……可有这样的事儿?"

牛筋老汉一脸严肃地说:"是的,这事儿真真切切——要是俺这话是捏造的,俺牛筋就天打雷劈不得好死——也许你认为这是件小事儿,早不记得了,但是俺记得,俺一直都记得哩。俺认为这不是小事儿,这是涉及一个人的作风,甚至是道德的事儿。用句不好听的话来说,你是一个有案底的人,要是俺真投了你的票,而你又狗改不了吃屎性,俺那票白投不说,弄不好还会损害大伙儿的利益哩!"牛筋老汉的话让吴德羞愧难当。吴德给牛筋老汉保证,这事儿他一定会好好想想,好好反省,好好检讨,有则改过,无则加勉。

第二天,选举大会如期在村委会举行。在大会上,吴德以一个普通群众的身份从修路致富、抓孩子的教育以及提高村民文化素质等角度进行了演讲,讲得很出彩。台下,除了牛筋老汉,大伙儿热烈地、使劲地鼓起了掌。演讲完了,吴德又补充说:"昨天牛筋大叔检举说俺五年前曾拔过他几根葱。牛筋大叔检举得好,很及时。牛筋大叔说得对,虽然是几根葱,葱是小事,但这可以说明一个人的作风,甚至道德。俺羞愧得很哩。俺感谢牛筋大叔及时给俺敲响了警钟。这次不论当选与否,俺都将以此为鉴。俺请牛筋大叔原谅俺过去所作所为的同时,给俺一次机会,也希望大伙儿如此。要是俺当选村主任,俺将做到一心一意为大伙儿谋利益,绝不存私心,不谋私利,俺将时刻接受大伙儿的监督和批评!"

吴德刚讲完,牛筋老汉就带头鼓了掌。紧跟着,大伙儿也鼓起了掌,如雷的掌声持续了好一会儿。

从村委会出来,牛筋老汉拉住吴德说了会儿话。牛筋老汉对吴德说:"拔几根葱绝对不是小事儿,但最后俺投了你的票。你的竞选演讲讲得好,讲的是真心话,掏心窝子的话。你敢于在大伙儿跟前揭自个儿的短,挖自个儿的痛,就冲这一点,俺就认定俺不会看错你!"

说完,牛筋老汉冲吴德竖起了大拇指。

黑　三

刘立勤

　　秋来了,庄稼在地里还要接受阳光的教诲,牛就有了难得的空闲,要上山了。放牛的黑三呢,扯着牛尾巴,慢悠悠地走。山路蜿蜒,牛尾巴一会儿左一会儿右慢慢地抛甩,落在眼里,钻进心里,就有了一种说不出的感觉。扬手一鞭抽在牛那肥硕的屁股上,山路上响起一串欢快的鼓声。

　　黑三不喜欢放牛。黑三喜欢干活儿。干活儿的时候手里忙,心里也忙;而放牛呢,手里闲,心里也闲。黑三是个有思想的人,有思想的人也是很累的人,心闲时就要胡思乱想。想着想着,黑三的心里就有了一种怪怪的感觉。

　　什么怪怪的感觉呢?黑三仔细思考了一番,发觉自己又在想女人了。三十多岁的山里汉子还没个女人,的确是一件怪怪的事情;不想女人,那就更怪了。世间那么多的女人,难道没有一个是他的?想到夜晚一个人独自熬煎的日子,黑三心里实实的有些无奈。无奈归无奈,黑三也懒得提媒求亲,他想不明白人为什么要提媒求亲。黑三一个人过活,一个人的日子很自在。可黑三不喜欢思考女人,黑三就去寻牛。

　　牛呢,好像也和黑三过不去,它们不好好吃草,却抵着脑袋在一起磨蹭。磨蹭磨蹭着,小母牛却叫唤起来,该死的公牛也不安分了,缠着小母牛要行好事。咋的不知足呢,刚才在路上还那个了的,怎么又要那个呢?黑三的心里有了不平，"日"的一声，一块土坷垃飞过去，打在公牛的屁股上，小母牛讪讪地走了，公牛低下头去吃那鲜嫩的草。

牛吃草，黑三的眼睛就越过牛，越过山梁，在村子里扫荡。正是日出时分，温暖的阳光泼洒在村子里，暖洋洋一片，黑三的心里也是一片温暖。村子里的新房多了，可是门还是那老式的橡木门。"吱"的一声，半边门开了，走出了一个男人；"吱"的又一声，那半边门也开了，走出来一个女人；大门全开了，就蹦出来一个孩子，蹦蹦跳跳去了学堂。男人看见孩子走了，掮起锄头下了地，而女人呢，扯把青菜进了厨房。还没有听见声音，厨房的上空就生出一缕青烟。青烟袅袅地升上空中，飞上山梁，黑三的心里就有了一片烟火。

黑三喜欢这烟火。人常说"洋芋拌汤疙瘩火，除了神仙就是我"，况且洋芋拌汤后面有个女人，疙瘩火旁有着老人孩子，哪个男人不喜欢呢？黑三虽然喜欢，可也没有办法。父母去世早，兄弟姐妹他一个，日子实在冷清。冷清的日子出思想，黑三就有了一些思想。有思想的黑三只好继续过着冷清的日子。

黑三思想最多的是人来到这个世界为了甚，难道就是为了一片烟火？就算是为了那一片烟火，那么死了呢？死了自己还不是一片清冷？既然仍然是一片清冷，有那一片烟火和没那一片烟火又有什么区别呢？真是的。每每想到这里，黑三就有一种愤愤不平的感觉。愤愤不平的黑三就继续思想，黑三这么思想着生生把自己给耽误了。

"吱"的一声响，又是谁家的门响了。黑三的眼睛撵过去，看见支书的女人挤出了门，急急地赶向茅房，黑三的眼睛不自觉地跟了过去。片刻，黑三就看见一片耀眼的白光，身上立马一片燥热。转过眼，又看见支书的种——也就是儿子出了门。支书和黑三是同学，黑三就想起了支书。支书比自己多一点什么呢？好像就多个女人多个儿子。支书来到世间做什么呢，话说得好听，其实与他没什么两样。那支书为什么还要那样忙活呢？黑三弄不明白。

弄不明白了,黑三也不着急,黑三又去找牛。该死的牛真不知羞耻,又急急忙忙地忙活起来了。黑三拾了一块土坷垃想打那牛呢,又放了下来。他想,牛来到这个世上做甚呢? 辛辛苦苦劳劳作作,最后一刀杀了,一锅煮了,什么都没有了。真的是什么都没有了吗? 好像还有。有甚呢? 好像还有几个牛犊子。牛不知羞耻地忙,不就是为了多留几个牛犊子吗! 回头看见草,那么草活一春又是为了甚呢? 为了一把种子,好在来年的春上发芽哩! 那么,人呢?

黑三想到这里,心里一下子豁然开朗了。人来到这个世间为什么,还不是和草一样,和牛一样,就是为了留个种。不同的是人留的是个人种。人忙忙活活一辈子,也就是为了种子顺利发芽,顺利开花结果,再留下自己的种子。回头再想,人哪,不管生前多的风光显耀,死了什么都留不下,留下的只能是自己的儿女。

一个阳光灿烂的上午,有思想的黑三终于明白了人生的重大意义。牛又忙活起来了,黑三也懒得搭理,想着自己已是三十好几的人了,应该去找一个女人了,留下一个种子,让他生生不息地流传。

老 马

李世民

老马不是一个人,是一匹马。

那年秋天,我和母亲一块去舅舅家。赶巧了,舅舅准备去县城买点饼肥,正好缺个帮手,就让我坐上他的马车。当时我心里也乐:都蹿成一棵树苗那么高了,还从来没去过县城呢。

那匹马显然是很不好看的,暗淡无光的黑红色皮毛,清晰的肋骨把它的瘦弱展示得一览无余,甚至它的腿上还沾着几块巴掌大的泥土和粪便的混合物。

很快,我对那匹马产生了非常浓厚的兴趣:舅舅赶它的时候,不用缰绳,也不用鞭子,舅舅"驾!驾!"两声,那匹马就挺起腿,弓起腰,起劲地走路。拐弯的时候,舅舅"噫!噫!"两声,它朝左;舅舅"喔!喔!"两声,它向右。如果舅舅"吁——"的一声,它就规规矩矩地停了下来。舅舅简单的吆喝像童话里的故事,牵动了我的好奇和向往。

一路上的秋野,弥漫着成熟玉米的馨香,我坐在一颠一颠的马车上,拥有着新媳妇坐花轿一样新鲜和美好的感觉。

县城说到就到了,我睁大了眼睛,县城的模样就在行走中的马车上装进了我的记忆里。随着舅舅的"噫噫"和"喔喔"声,我们的马车穿过几条街,拐过几道弯,绕过熙熙攘攘的人群,从北关来到了南关。

舅舅买饼肥的油场就在南关,油厂的后院里有一块空地,地面上生出许多杂草。舅舅把没有卸套的马车赶到了空地上,就去厂房里装饼肥去了,临走的时候,舅舅交给了我一项任务:看马车。

我以为这是一项艰巨的任务,舅舅走了之后我才知道,其实我想错了:那匹马根本不用看,它站在大院里,像一个听话的孩子站在母亲画出的圆圈里,一直是原地不动。有时候,它埋头啃一阵子地上的杂草;有时候,它抬头眺望远方的蓝天。当时我想:真是一匹好马,等我长大了,一定也要拥有一匹这样的马。

我陪着那匹马站了好长时间,腿有些酸了,就走到墙根的那棵梧桐树下,地上有一群蚂蚁正在热火朝天地搬运食物。当时我肯定是一个动物爱好者,蹲下来仔细观察,只见一老两少三只蚂蚁表现得异常勇敢,爷仨面对一只肥硕的虫子,义无反顾地推啊扛啊拉啊举啊……

当我从地上站起来的时候,院子里空荡荡的,马车不见了。

舅舅慌慌张张地跑了出来,他没有责怪我,却狠狠地瞪了我一眼。舅舅说:"你朝西,我向东,找不到马……"后面的话虽然没说完,但我觉得舅舅的声音结实得像钉子钉在了墙上一样。

我顺着油厂外面的柏油马路向西奔去,当时我惊慌失措的样子和心情无法用贴切的话语来表达,像一只被人追赶的蚂蚱,又像战场上追赶部队的伤兵。

我一边奔跑,一边搜寻,终于发现对面来了一辆马车。肯定是舅舅的马车!我奋不顾身地冲到大路中间,身体伸展成一个"大"字,同时高喝道:"停车!停车!"赶马车老汉"吁"的一声,马车就停了下来。真是一匹听话的好马啊。我上前说:"这是我舅舅家的马——车,还给我们!"老汉先是愣了一下,继而又笑着说:"小家伙,是认错人了还是认错马了? 看清楚了,这不是马,是驴子。"我羞得满脸通红,撒腿又向西跑去。

不知道过了多长时间,终于跑不动了,我就在路边的草丛上坐下来,心里头乱糟糟地想:也许,舅舅已经找到了马,拉着饼肥回家了;也许,舅舅的马已经被小偷藏到了家里,染成了其他的颜色……最终,我还是拖着沉重的步子往回走去。

来到县城的时候,已是万家灯火,油厂看大门的老者告诉我:"你舅舅啊,开始是满天满地里找马。不但没有找到马,也找不到小孩了。现在,他又满天满地里找你去了。"

听到了这个消息,我心里更是乱成了一团麻,我不知道我应该是去找马,还是去找舅舅。我就在县城的大街上漫无目的地走啊走啊,想啊想啊,最后,我做出了决定:反正已经闯了祸,回家吧。

就这样,一个十二岁的少年,穿过了县城的大街小巷,沿着一条弯弯的小河,吃了两块从路边田里扒来的甘薯,喝了三次河水,走了前前后后一百多华里的路程,回到了家里。

第二天,太阳还没有出来的时候,舅舅就敲响了我家的大门。为了找我,舅舅跑了整整一夜。

至于那匹马,它拉着马车,穿过几条街,拐过几道弯,绕过熙熙攘攘的人群,从南关来到了北关,又从北关返回到了舅舅家里。这是舅舅告诉我的。

舅舅还说:"那是一匹老马。"

凑　数

王振东

黄土洼村村支书老赵到乡里开了个会,脸阴得像快要下雨的天,回到家见鸡就踢,见狗就打。老伴儿见状,嗔骂道:"死老头子,你吃枪药啦?鸡狗和你有啥冤仇?"

老赵拉过一把椅子坐下,摸出一支烟点上,狠劲儿吸了两口,气呼呼地对老伴儿说:"没想到咱村招商引资弄了个全乡倒数第一,乡书记把我批得只差把头装进裤裆里了。"

老伴儿也拉把椅子坐在老赵跟前,关切地问:"倒数第一,不会吧?咱村不是有个砖窑场吗?那还是岔河娃儿他姨父拿钱开的,这不算招商引资?"老伴儿常听老赵在家谈工作上的事,所以对村里的事知道一些。

"别说那个窑场了,我本来汇报上了,可乡里说县里为了保护土地资源,专门发了文件,要求立即关了,还算哪门子招商引资?更可气的是,我第一个汇报,谁知道别村的嗓门一个比一个高,到后来反倒数咱村没招商引资项目,真他娘的瞎胡喷!"老赵气得骂起娘来。

"兴许人家真招来商了?"老伴儿说。

"招他娘的狗屁!王营村村支书王大头汇报说,他们村引进的两个项目,总投资四百万,其实他们连个球毛也没引进;马坪村村支书马大尿汇报说,他们村准备引进的那个项目,是和导弹配套的。制造导弹的零件让村里生产？鬼才信！"

"那乡里就信？"

"咋不信？乡书记说，没有做不到，只有想不到。马大尿敢想敢干，引资力度大，是全乡学习的榜样，各村都要向马坪村学习，引大项目。"

"那马大尿这回可露脸了。"老伴儿眼气地说。

"露脸？有他娃儿露馅的时候。"老赵一脸鄙夷。

"那书记咋批评你啦？"

"书记让咱村加大力度，迎头赶上，两个月内完成任务，否则，就地免我的职。"老赵满不在乎地说，"免就免吧，反正我也不想干这支书了。"

老伴儿给老赵倒了杯水，劝道："老头子甭急，法儿总会有的。"

老赵叹了口气："啥法儿？两个月引进一百万，你当吹糖人儿呀。"

"你不会开个班子会听听大家的？三个臭皮匠，顶个诸葛亮嘛。"

老赵想想只有这样了，便让村文书通知两委班子成员开会。

会上，老赵简单通报了乡里的会议精神，重点说了乡里要求他们村两个月内必须完成招商引资一百万的事，然后让大家献计献策。

一阵沉默后，刚被选为村主任的小耿率先说："我说几句，权当抛砖引玉。你们说，咱村老少爷们儿吃的面从哪儿来？"

治保主任说："不就是春来磨的吗？"

小耿说："对呀，春来的面粉厂难道不是引资项目？"

治保主任有些不明白："这也算？"

小耿肯定地说："这是实实在在的引资项目，买机器的钱是春来向他县城的表哥借的，咱就说是春来从他表哥那儿引的资不就中了。"

村文书说："引资额咋算？"

小耿吐出一个烟圈儿，说："一台磨面机五万，咱按两台二十万算；厂房是他的住房改建的，也按二十万算；其他配套设施按十万。这一凑，总投资就达到了五十万。"

"账哪能这样算？"老赵有点担心。

"咋不能？"小耿反问道，"我看咱说这个项目和马坪村那个导弹配套项目比起来，可信度要超过它几百倍。"

治保主任说："乡里来落实咋整？"

小耿说："书记傻呀？书记想调回县里，县里的要求是咱乡必须在招商引资上有大突破，难道书记不想往上多报点数，好受表扬，尽快调回县里？"

众人一听，脸上都露出了笑。可老赵仍绷着脸："甭高兴太早了，还有五十万哩。"

人们便继续想。

忽然，村文书说："有了。驴套不是有个养猪场吗？就说养猪场是从他表舅那里引的资，写个假手续，不就当咱村一个项目？我算了，驴套养了二十头猪，咱就报二百头；加上建猪舍、买饲料、搞防疫等的投资，报七十万没问题。"

妇女主任说："还有二菊养了一百只鸡，咱报一千，引资十万。"

民调主任说："还有二傻办的配种站，尽管只有一头郎猪，咱就报三头种猪、两头种牛、一头种驴，引资十五万。"

"中了，中了。"老赵赶忙摆了一下手，紧绷的脸终于挤出了笑，"这下中了，全部算下来，咱村的引资额达到了二百万，超过乡定任务一百万，弄不好咱村成先进村了。小耿啊小耿，真有你的！乡里再让汇报，干脆你去。"

数凑够了，老赵心里高兴，便率两委班子成员来到村里赵旺开的饭馆喝酒。三杯酒下肚，老赵说："如果乡里再分任务，赵旺这饭馆就是现成的项目。"

天桥上的歌声

葛昕旭

山里的孩子，没啥爱好，就喜欢唱歌。一年的支教时间，在孩子们的歌声中，一晃就过了。想着朝夕相处了一年的孩子们，几天来，我的心情久久不能平静。

我支教的学校，是一所山村小学，建在大山脚下。学校的对面，远远近近地散落着几个村子。一座石砌的小桥，将学校和村子连为一体。

这天是我离校的日子。早晨，天还没有全亮，我正收拾东西，敲门声响起。开门一看，全班二十多个学生，顶着晨风，排着队静静地站在门外。孩子们脸上挂着泪痕，谁也没说话，都怯生生地望着我。班长小慧红着脸，站在最前面。

我愣了一下，走上前，摸着小慧的肩膀，问："你们咋了？"

这时，小慧抬起头，擦了擦眼睛，忽然就笑了，说："老师，知道您要走了，我们想请您去看看天桥。"

小慧说完，孩子们全都抬起头说："老师，我们请您去看天桥。"

我愣了一下："天桥？啥天桥？"

小慧伸手往外一指，说："就是那座石桥。"

我一听，摸了摸小慧的头，看着孩子们，笑呵呵地说："那不是天天都能见到吗，有啥好看的？"

小慧垂下头,怯生生地说:"我们想再为您唱首歌。"这时,孩子们都望着我说:"老师,我们想再为您唱首歌。"

看着孩子们那一双双企盼的眼神,我的心里忽然有了一种特别难受的感觉,眼眶一湿,咬了咬嘴唇,说:"好,走,我们去看天桥。老师也想再听听你们唱歌。"

几分钟后,走上天桥,我一下愣住了。桥面上,孩子们用带着露水的鲜花,铺了几个大字:"老师,我们永远爱您!"我怔在那里,眼泪慢慢地往外涌。

这时,一个男孩跑到我面前,拉住我的手问:"老师,您知道这桥为什么叫天桥吗?"

我摇摇头。男孩说:"这桥是村里的顺天爷爷带领我们修的,所以我们叫它'天桥'。还有,我爸说,这是通向山外的金桥,是村子富起来的致富桥。老师,我爸还说了,您就是我们山里孩子的天桥。"

男孩一说完,孩子们都围了上来,异口同声地说:"老师,您就是我们的天桥。"

我的心被重重地震了一下,忙俯下身子,抱着男孩,望着孩子们,泪水流了下来。

小慧走到我面前,指着桥面上的字说:"老师,这是我们全班同学送给您的礼物,希望老师喜欢。老师,我们再给您唱首歌。"说完,小慧不等我同意就唱了起来,孩子们也跟着唱了起来:"春天的花开了/老师,我们想您……"

歌声在桥上回荡,我忙走进孩子们中间,拉着他们的手,一起唱了起来。

唱了一首又一首,后来,孩子们唱完了,唱累了,全都哽咽着说不出话来。我走下桥头,偷偷掏出手机,拨通了爱人的电话,刚说了几句,爱人就长长地叹了一口气,说:"我知道你的意思,啥天桥不天桥的,你想留就留下吧!你放心,我和女儿会照顾好自己的……"

听着电话里的嘟嘟声,想起爱人和孩子,我的眼泪慢慢地又溢出了眼眶。

跑　丧

吴永胜

　　韩家兄弟终于聚在一起，不吵也不闹了。吵什么呢，闹什么呢，老韩在世时，为兄弟间的疙疙瘩瘩，心都伤透了。早把一切都规划好了。知道自己眼一闭，收殓安埋这一塌刮子事，还有空出来的老屋，都是兄弟俩再起争端的由头。六十岁一过，便把墓穴砌了，棺材打了，甚至连做道场的阴阳，都把订钱付了。然后呢，把老屋作价，先订给了人家，等腿脚儿一蹬，安埋费也有了。

　　其实大韩小韩兄弟，对老头子还是孝顺的。只是兄弟俩彼此不待见。原因呢，用不着去刨。反正，都有几十几百条理由。平常，给老头子孝敬个啥的，大韩去时，如果小韩恰巧在，他就在屋外抽着烟，等。或者，干脆到林地里转上一圈子。小韩呢，如果在道上，老远瞧见大韩对面来了，要么眼瞅着天，要么头拧到一边。其实完全用不着哩，因为大韩已经绕道儿走了。

　　老韩是脑出血走的。本来和一帮老头正扯长牌叶子，说话间，往后一倒，一口气就没了。阴阳裴幺爹，是老韩同年老庚，大韩小韩都管他叫同幺爹。现在呢，同幺爹除了担当起阴阳的责任——做道场，唱祭文，画符定水，还把大韩小韩支使得团团转。大韩小韩呢，心里头藏着悲伤，娘早走了，现在呢，爹也走了，就像心里头生长着的啥苗木，一下就断了，再也长不出来了。虽然在一块儿忙活，彼此间呢，脸还是冷的，心还是静的。

同幺爹定下的出殡日,是初八未时。头儿黑,大韩的老婆,便对大韩叮嘱:"安埋完毕爹,然后就跑丧,爹的肉身虽然入土了,但他的魂还落在家里哩,没跟肉身走。他还要待在家里,手捏着未来的财福,等先跑回家的后人,把财福塞进他荷包。"老婆说:"同幺爹说跑你就跑,可着劲儿地跑,拼着命儿跑,可不能落下给老二。老二在城里当工头,已经包里头鼓鼓的了,咱们呢,就打着短工,不能再让他把爹给的财福抢了。"大韩嘴上嗯嗯哈哈应着,心里头呢,不以为然,知道那是过场,是程序,都得按部就班地走一遭。其实呢,跑丧原该老头子这一脉,开枝散叶出来的后人,一窝蜂般跑的。跑得气势磅礴,跑得鸦呼雀跃,才彰显这一脉的兴旺。大韩二韩都有娃女,但离着家老远,都忙着自己的事,就都不回来了。想到这个,大韩心里就有些凉,有些冷。

爹的棺木落了土,砌起了坟头,点起了稻草编成的像条长龙样的,可以悠悠亮一夜晚的长明灯,然后,点燃挂鞭炮。药线儿刚索索响,同幺爹便吼一声:"跑吧,跑得快发得快!"帮工的汉子们,也一齐喊:"跑哦!跑得快,发得快哦!"

大韩小韩,转身就往山下跑。老韩的坟地,离着家好几里,逼逼窄窄,全是往下的山道。大韩跑上百十步,便觉得上半身跑得比腿脚快,直往前坠似的。但一直干着体力活,不觉着有多费力。小韩就不行了,老早就不干活了,老早就只用指手画脚,或者陪着施工员、甲方代表喝茶打牌吃酒,养出了个大肚子,养出了个胖身子。起先,还能勉强跟在大韩身后,不多一会儿,便落下了,肚子里像装上了个风箱,呼呼啦啦扯,一口气憋不住,就摔在了坎上。

大韩一直用眼角的余光,瞅着小韩呢。见小韩狗熊一样,心里头哧哧笑。他有意放慢步子,等着小韩撵在后面,就保持个十来步距离。小韩摔在坎上,大韩看见了,又跑了几步,就觉着脚下软软的,像踩在棉花团里,使不上力气。他再看看小韩,小韩脸红得像公鸡的冠子,正用手撑着往起爬,爬起来了,就傍着岩坎,呼呼地喘。大韩看着小韩,心里头像被针刺了一下,疼得他一咧嘴,疼得他一哆嗦。他咬咬牙,拖着腿走回去,问:"你,没事吧?"小韩龇着牙,吸了口气,说:"没事,就是累着了。"

那就憩憩吧。大韩本想独自走的,却觉得没迈腿的力气似的,便在两三步处,也坐下来。伸手在包里摸烟,几个包都摸了,才记起,烟放在坟地里,留给帮工的了。小韩见了,从衣袋里摸出半盒烟,扔过来。红河 V8,好几十元一盒的。大韩抖出一支来,又扔给小韩。

都抽上烟了,烟都燃半截儿了,却谁也没开口。都低着头,想各自的心事。终于,小韩先说话了。他说:"爹咋说没就没了,我老觉着,他还在院子里扯长叶子呢。"大韩眼眶有些湿了,有些润了,说:"还好,爹没遭病痛的罪。"这么一说,他想起了娘,打记事起,药罐就一直跟着娘,娘过世那会儿,是兄弟俩从医院里抬回来的,轻巧得像纸糊的。那时候,他和小韩还没有过节。兄弟俩天天候在娘床前。想到这里,他抬头看一眼小韩,小韩也正抬头看他,小韩的眼眶里,也亮亮的。大韩一下觉得,自家像瘪了气的车胎,一下子空了,空得慌乱,空得难受,空得不知所措,空得想立马填上点什么才好。

小韩看出了大韩的不知所措,就说:"你先走吧,我再憩会。"扔下烟屁股,大韩站起来,拍拍屁股上的土屑,一伸手,便握住了小韩的手:"我扶着你。"他几乎是不假思索地握住小韩的手,大韩自己都把自己吓着了。小韩也吓了一跳,他把几个指头儿一屈,也握住了大韩的手,嘴里喊一声:"哥!"

大韩的心,像悬着的线锤,悠悠一晃,撞在胸壁上,咣啷一声响。他觉得小韩的手暖暖的,实实在在地握着,心里一下就不空了。

"我当的啥哥啊,咋就没早伸手呢。"

眼泪一下就下来了。

夜 牧

吴永胜

那年暑假，家里给了我个任务——放牛。

我喜欢这"工作"。原因是，读过两年书的老奎，不读书了，就在家放牛。不像我们，被父母催逼着，天天背个大书包，还不能迟到早退。夏天里，下河洗个澡泡个凉，也被老师和父母限制。人家老奎，穿条花裤衩，露着黑脊梁，骑头老水牛，顺着河湾优哉游哉。愿意了，随便在水里泡就是，多舒服，多自在。

牛不太好放。土地到了户，山坡大都划归各家。剩下的公坡，全队的牛都守着，草们长不赢牛肚子。划归各家的山坡，草长得好，有风，便一浪一浪汹涌。却不能放牛过去，会招骂的。

好在有老奎。

白日里，我们将牛拴在坡间的柏树林里，下六子棋打弹子，躲避日头，消磨时光。待牛肚子凹成两洼山谷了，天也黑了。解了牛，然后由老奎带着，开始"夜牧"。

总是有月亮，先有些暗淡，等到渐渐明朗，像片玉般搁在山顶。到了目的地，照老奎吩咐，将缰绳缠在牛脖子上，往牛背拍一巴掌，任它自由啃嚼。我们可以找个地方，坐着，或者躺下，信马由缰胡说八道。风呢，像极了老奎他爹。在老奎他娘死后那阵子，他爹总醉醺醺的，跌跌撞撞，踉跄着，东晃荡一下,西晃荡一下。风招惹得草们也跟着哆嗦,在人裸露的皮肤上,任意撩拨,麻酥酥的。

老奎说:"晓得不,天就像屋顶,屋顶要什么撑着?墙呗。天要不是有山撑着,一定就扣下来了。天那么大,重得很,'哐当'扣下来,地球都没了。"老奎还说:"天上住着牛郎织女,他们中间隔着一条大河,那河比二马坎的河大。"二马坎的那条河,是我看到最宽的河了,经常会淹死人。大人们说,河里藏着水鬼,看晦气的人,便一把抓住他脚腕,拖到深水处,便会换来一家人的哭号。天上的河居然比它大得多,那一定水鬼也多了。我们看过《牛郎织女》电影,有时候会想:我们放的牛会不会突然说话呢?回头看牛,它正好抬头,眼珠子亮着,静默一会儿,却没有说话,又埋头在草丛。老奎说:"成了精的牛,才会说话,我们的牛,还没成精嘛。"

有时候,是早晨出去。鸡叫过四遍便起来,从牛棚里解了牛,下二十步梯坎,过杨婶娘家后门,再经过三棵麻柳树,老奎在土地堡路口等我。都惺忪着睡眼,在乳白的晨雾里,像在漂浮。上到山坡,草尖上的露珠,已濡湿了半幅裤子,晨风过来,冷得直打寒战。便寻些干柴,在背风处点燃,火苗子慢吞吞起来,暖和了许多。暖和了,感觉饿,坡间有地,一溜一溜的,种着苞谷。老奎会去搞几个苞谷棒,塞进火里烤。他从来在地中间动手,说不容易发觉。

有天早晨,我拉着牛,下了梯坎,正踢踢踏踏走,嘎的一声,杨婶娘家后门开了,出来个人,看到了我,似乎吃了一惊,愣了几秒钟后,拉上门,咚咚咚便跑。

我还是认出了他。这个人是老奎他爸。他怎么会从杨婶娘家出来?他是个贼吗?我本来想喊他的,但他跑得太快,几乎眨眼间便没影儿了,根本来不及。跟老奎走在一道了,好几次,都想把这事说出来,终于没说。

放过牛回家,吃饭的时候,忍不住了,便向父亲说:"老奎的爸,是个贼!"

父亲停下筷子,看着我。我说:"我亲眼看见他从杨婶娘家出来,就我放牛出去时。他看见我就跑了,跑得飞快,不是贼是什么?"

母亲看了眼父亲，父亲看了眼母亲，然后都看着我。父亲说："你看错了。"

我说："没有，我真的亲眼看见的。"

母亲说："你瞌睡迷迷的，梦儿糊涂的，眼花着，肯定看错了。"

我想说我当时没瞌睡，很清醒，但父亲不容我说："吃饭吃饭，吃完了写作业，假都过一半多了，还没写几页。牛不用你放了，把作业好好写完。"

我还想分辩，母亲拿筷子在我额头上点了一下，说："听话。"跟着叹息一声，"造孽呀。"

因为不让放牛了，母亲同情我可怜我，才说造孽吗？好像不应该呀，我不太明白。

晚些时候，我看见了杨婶娘，心里正琢磨，她家什么东西被偷了。她过来了，笑眯眯的，摸摸我脑袋，然后，往我荷包里，放了一把糖。整整八粒大白兔奶糖呢。她男人没她大方，过年回家探亲，只给我一粒。

果园屋子

宋以柱

　　王世才的果园就在沂河的东岸，离镇上很远，但是离家很近。顺着沂河往上游走，要走半个小时的路程。王世才的儿子是暑假后才读了初一，为了方便，就住校了。一周回家一次，王世才和媳妇要侍候果园，也图个清静。

　　一开始，王世才的果园很小，三口人的口粮地，也只有一亩多地，看着左邻右舍的栽了果树，王世才也跟着栽上了。好就好在，果园周围是一圈儿荒地。到冬天的时候，王世才就到果园周围开荒，敲打石块的"叮当"声，连着响了两三个冬季。新开垦的土地一律栽了红富士，王世才的果园就很具规模了。现在是，果园里有一百五十多棵红富士，其余的就是枣树杏树梨树山楂树等，一共十几棵，是种来自己吃、送亲戚朋友的。主要的经济收入就是靠苹果树。

　　俗话说，桃三杏四梨五年，苹果树也是三年上就开花结果。一开始，还要爱护一点树，因为太小，不能留下太多的果子，果树也就像年轻人一样，年轻的时候推车挑担子，一旦伤了腰，一辈子的事。王世才做事注意长短，看得长远，不急不慌的，三年开垦的荒地，苹果树依次长个子，也依次结果子，哪一棵是哪一年的，该施多少肥料，该留多少果子，一点也马虎不了。

　　每年冬季，地面将冻未冻的时候，王世才会给果园放一场冻水，然后给果树涂白。有的小树，还要用稻草扎一下，树底下一律用麦糠盖一层，保墒杀虫取暖,王世才做得很讲究。天气一暖,也就是刚交七九的时候,王世才到果园里放一串鞭炮,焚香烧纸,开始修剪果树。百十棵果树总要一星期多的时间。剪下的树枝整整齐齐地摆在地堰边,走时带回家烧水用。待到四月间枝条上长出嫩芽,五月初开出一树白花,你才会发现王世才在果树上花费的心血,真是没白费呢。棵棵果树舒舒展展,大大方方,果树底下四四方方,没有一棵杂草。兄弟爷们儿这样夸奖王世才,说:"王世才你这是侍候果树啊,还是侍候吃奶的儿子?"

王世才的儿子叫王玉虎,长相像他妈,秀气,话不多,没有废话,学习上很上进,不用多嘱咐,一板一眼的,用老师的话说,是扎实靠谱。儿子眼睛近视了,王世才这么说儿子:"少看书,把眼睛看坏了,以后受影响。""受什么影响呢?"王世才说:"看啥都看不清,还能干啥。"王世才对儿子的学习要求不那么高,但要儿子端端正正做人,把人做好了,一辈子值。

放了暑假,夫妻俩在果园里给果树喷药、浇水、除草。到了收果子的时候,恰好是双休日,儿子也跟到果园来,找块石头趴那儿写作业。王世才就觉得不得劲,跟妻子一商量,留出一块平整地来,面对沂河,盖起了两间小屋。一间放了一张小床,中午可以躺下休息一会儿;外面是放杂物的,比如镢头锄头喷雾器,几根绳子,一捆蛇皮袋子,依次靠北摆着。下雨天,可以坐在门口,看着细雨,听听果树叶上的声音,沙沙沙的好听。

到了果子快要下树的时候,王世才去果园就多了些,因为前村的果园丢了果子,也是啊,两块多钱一斤,忙活一年的,丢上百十斤,也是大损失。那一天早上,下了点薄薄的霜,在果园屋子前,王世才看到了两个新鲜的果核,挂着一层薄霜,王世才就想坏了,是不是真的来贼了?哪一棵树套多少果袋,王世才是有数的。他小跑着看了一圈,没有丢。王世才看了看地上的新鲜果核,有点疑惑地推开门。当他走进里间的时候,顿时傻眼了,里间的木床上赫然铺着两床被子,看来是一床铺着,一床呢,是盖着的。王世才就更糊涂了,那两床被子,很明显不是自家的。

王世才一头雾水地在屋子前站了会儿,回家了。回家也没有和妻子说这件事。第二天早上,王世才到果园里,被子还在,但是没有动过。一连三天,王世才都早早地去果园,都没有发现什么,被子还是没动过。第四天是周六,吃晚饭的时候,儿子说:"学校宿舍里丢被子了,都是初一学生的,丢了两床被子。"王世才的头一晕。

"他们说是高年级学生偷走的,他们在谈恋爱。"儿子扶扶眼镜说,"是我们班的同学说的。"

"谈恋爱,偷被子干啥?"妻子抬起头来。

王世才不让说话了。赶紧吃饭。不让娘俩再说这个事。

晚上,躺在床上,王世才睡不着了。一向精细有主意的他,真睡不着了。问题是,他该怎么处理这两床被子呢?会不会在某个早上碰到那两个孩子呢?如果恰巧碰到了怎么办呢?王世才的身上出汗了。

他还想,是不是找找县里的战友,把儿子弄到县城读书呢?后来,他睡着了。果园里的活儿很累人啊。

青 毛

伍中正

牛是好牛，膘好劲大。王庄人说，干起活儿来，其他的牛没法比，一天犁田五亩，不在话下。

王庄人给牛起了一个名字：青毛。

青毛又是犟牛。打起架来，几乎拼了命，非得抵倒对方。有一回，青毛跟庄里的另一头牯牛干上了架，那头牯牛屁股后是一棵碗口粗的树，青毛一使劲，撞过去，不光树倒了，那头牯牛也残废了。王庄人又气又恨。

因此，看管青毛的人，得非常用心，生怕它跟其他的公牛在一起惹是生非。

青毛被圈在单独的栏里。庄里修了一排牛栏，那些圈在一起的牛能和睦相处。青毛的栏单独修开，生怕青毛跟庄里的牛打架。

平时，王庄有人议论，说："见过很多的牛，没有见过像青毛这样的。"也有人说："青毛将来命短。"

王庄能够降住青毛的只有回仓。回仓能把撒野的青毛给找回来。王庄的大牛全是用牛拴头拴着的，牛拴头拴在牛鼻上。牛拴头一头大一头小，在小的一头系上牛绳，牛就能牵能系。青毛也不例外。

一回，青毛鼻里的牛拴头腐烂掉了，它就脱了绳，出栏后糟蹋了半亩庄稼。王庄人见了很心疼。谁走近它身边，它就跑，谁也拿青毛没办法。回仓心不急，他慢慢走过去，然后一指迅速插进鼻孔，上了新的牛拴头，套上牛绳。青毛就服了。

回仓就因为能降住青毛，打了一辈子光棍。王庄很多人给回仓说过亲。有几个姑娘跟他刚好上，但听说他连青毛那样的牛都能撵住，就想，往后跟他过日子，还有啥奔头。自然，回仓的婚事就黄了。自然，回仓的婚事黄了一桩又一桩。

青毛在王庄生活了五年。

青毛失踪了。青毛的失踪引起了很大的躁动。王庄人说："那么一头牛，怎么会跑呢？"队长哨子一吹，集合很多人，再发动人去找。回来的人说："问了很多人，都说没看见。"庄里就回仓不找牛。队长问回仓理由，回仓说："老子连女人都没娶上，就毁在青毛身上，管它回来不回来。"队长一听，摇头走开。

青毛是找不回来了。王庄人放弃了找青毛。反正牛是庄里的，又不是自己的，找不回来就找不回来。

王庄的牛登记在册，或死或杀，均要向公社党委报告。恰好，庄里有个蹲点的干部，姓祁。祁干部写了一个关于青毛丢失的材料，很多人在材料上按了手印。那材料管用，一递上去，祁干部回来说，王庄丢了一头牛，找了十天半月，没找到，也不追究庄里队长的责任了。王庄人高兴，最高兴的是队长。

青毛其实没有失踪。

青毛出现在我们的村庄。那时，我们村庄正好有一头母牛，也生得健壮，处在发情期。那头母牛站在月光下，抬头望月。青毛那晚挣断牛拴头后踏碎一地的月光，一路狂奔。猛然间，青毛的出现让母牛始料不及，母牛也在月光下狂奔，踢踏之声四起。

青毛失足掉下深沟。青毛没有活着出现。

发现青毛的是我那个队里的队长。青毛四蹄朝天，样子非常悲壮。队长的脸上流露出了幸福的笑容。

青毛命短,果真印证了王庄人的判断。

青毛的死因,我那庄上的人,有说翻了牛百叶的,有说摔断了肠子的,有说划破了牛卵子的。所有的死因,都没有人去探究。毕竟,青毛躺下了。

剥青毛就在那条深沟。曹鱼是队里杀猪的汉子,拿了杀猪用的工具,一刀一刀地挑开了牛皮。队长站在被曹鱼剥得血肉模糊的青毛前,说:"曹鱼,求你把那牛角给我剥干净,我那娃当宝耍。"曹鱼就把牛角收拾得干干净净。

等那些肉全部脱离骨头后,队长安排两个劳力,把肉挑回了队长屋后的梨树下。

队长对所有的人说:"吃牛肉的事,谁要说出去,谁家就别想吃牛肉!"

很多人望着肉案上的肉,都不做声了。

队里人都吃到了青毛的肉。

队长在一只牛角上缠了红绸。他家的娃喜欢牛角,常常吹出不大不小的声响来。队长叮嘱娃:"牛角只能在家里吹,不能拿出去。"

队长家的娃不听,拿着牛角去了王庄,回仓见了,认得是青毛的角,拉着娃就奔队长家来。

队长觉得会出事,就对回仓说:"回仓,你有啥要求,尽管提,尽管提。"

回仓说:"队长,回仓不求别的,就求摸一把你的女人。"

队长女人听见他们的对话,从屋里出来,说:"回仓,过来摸吧。"

回仓一路走回来,脸上是高兴的样子。他不时地看看那只摸过队长女人粗糙的手的手。

四十年后,队长说:"全队人都吃了青毛的肉,我最亏啊。"

队里人始终弄不明白,队长分了牛肉不算,还多拿了两只牛角,咋就亏了?

幸福之家

王　洋

　　王芒仰躺在平房顶上,竖起耳朵听老婆桂花在堂屋里骂骂咧咧,桂花骂一句就摔打一件家具。

　　那些耐用的、经得起摔打的家具在桂花的暴力下发出凄惨的喊叫,就连那扇厚重的木门,也被桂花打得闷哼了几声。

　　桂花走出家门的时候,月亮还没出来,王庄的狗有一声没一声地叫着。桂花的大脚板踩在高低起伏的土路上,像在擂一面巨大的鼓。

　　桂花穿过两条小巷,拐了一个弯,大步走进王芒的父母家。王芒听见桂花和父母大声说着什么,他们一同出了门,几把手电筒在王庄的巷道里扫描着。

　　母亲在喊王芒的乳名,像小时候唤他回家吃饭那样。父亲挨家敲着门,他在询问谁看到了他的儿子。后来,王芒的三叔、二大爷、兄弟姐妹们都加入到寻找的队伍中。

　　那些脚步声近了又远了。王芒的肚子里咕咕叫了两声,似乎在说:"我饿了,需要些食物来补充。"王芒从平房顶上下来,走进堂屋,桌子上还有些吃剩的饭菜。王芒倒了一碗开水,卷了两个煎饼,大口吃起来。

　　吃饱喝足后,王芒爬上房顶,无聊地数着天上的星星,他在满天的星光中睡着了。

一觉醒来时,星光依然在头顶闪烁,王芒把耳朵贴在平房的石板上,屋内的桂花正打着山响的鼾声。王芒站起身,弓着腰,高抬腿轻落脚,朝西边的一溜平房走去。

王芒西边的几家住户全都外出打工了,只有到了年底的时候,他们才会提着大包小包回来一趟。

王芒用新奇的目光看着空了的院落,他的眼前出现了一个个在院子里进进出出,或忙碌或悠闲,或亲密或吵闹的男人和女人,在堂屋里、在偏房里、在灶房里,甚至是在厕所里,在宽大的床上,他们过着和他相似又不同的生活。

天亮前,王芒从房顶上进了王春风的家。他用一根细铁丝打开门上的锁。王芒推开堂屋门的一刹那,屋里的一切让他吃了一惊:地面干净得没有一丝尘土,衣橱、柜子、桌子、梳妆台像刚结婚时那样新,最让王芒羡慕的是那张大床,它不是时下流行的弹簧垫或榻榻米,是那种雕花的、古色古香的大床,这张床上曾经睡着王春风和他的老婆韩雪。

在王芒的眼中,王春风和韩雪是王庄最幸福的一对了。在王庄,王春风和韩雪是第一对结婚后还手牵手的夫妻,去地里锄草,去菜园里摘菜,去集市上买东西,甚至是王芒出去打扑克,去山里逮野鸡,王春风的后面都跟着一个叫韩雪的女人。

有一次,王芒去王春风家借农具,他看见王春风和韩雪在院子里围着几棵树戏耍,韩雪跑,王春风在后面追。韩雪披散着一头长发,在树间穿梭跳跃,像灵巧的鹿儿,王春风怎么也捉不到她。后来,王春风趁韩雪开怀大笑的时候,一把抱住了她,两个人的嘴亲到了一起,在那里吸呀吮的,好长时间不分开。王芒看得脸红心跳,农具也不借了,小偷一样悄悄溜走了。

此刻,王芒站在王春风和韩雪睡过的雕花床前,困意狂风一样席卷了他。王芒脱掉鞋、外衣,在大床的一侧躺了下来,他的一只胳膊伸向另一侧,他感觉着胳膊上有了重量,一具带着香风的躯体枕着他的胳膊躺了下来,一张柔软的唇在他耳边吹了一口仙气,说:"睡吧。"

不知道睡了多长时间，王芒醒来时天又黑了下来。他穿上衣服，在朦胧的夜色里看着院子里的几株树。恍惚中，他看见自己和一个长发飘飘的女人在树丛中追逐打闹着。就在王芒一把抱住女人的身子时，他隐隐听到有哭声传来，起初是一个人在哭，后来很多人加入到哭的行列中。有人从巷道里跑过，一边跑一边喊着："王春风死了，他老婆抱着他的骨灰回来了！"

王芒的脑袋轰的一声，像是被什么炸开了。他站在院子里呆呆地看着渐渐罩上来的夜色，嘴里一遍遍地自语着："怎么会呢？怎么会呢！"哭声越来越近了，王芒一个激灵惊醒过来，他锁上门，爬上房顶，悄悄地朝自家的房子摸去。

王芒刚从房顶进了自家的院子，巨大的哭声已经到了他家前面的巷道。王芒跑出大门，他看见王春风的老婆韩雪怀里抱着一个小小的骨灰盒，嗓子里已经发不出声了，她单薄的身子像一棵在风中飘摇的草。

王芒伸长脖子，愣愣地看着这个被抽去了筋骨的女人。他的眼里突然涌出了泪，它们流过他的脸颊，流过他浓重的胡须，吧嗒吧嗒砸在尘土里。

韩雪抱着骨灰盒走远了，王芒转身进门的时候，看见桂花像座山挡在他前面。她的十指像钢爪一样在他的身上抓挠着："你这个死鬼，你死到哪里去了？你还回来干什么？你在外面死了算了！"

桂花在他身上抓挠着，用头去撞他。王芒被她撞倒在地，他伸直腿，张开双臂，耳朵里听着渐行渐远的哭声，他闭上了眼睛。

哨 客

谢友郸

　　一个人，有一张好嘴，顶不济，也能混个吃喝。嘴好是福气，说的人，听的人，都乐和。嘴好不要身份，不要文凭，不要官位。庶民百姓，市井闲人，乡间无赖，备不住都能长一张好嘴。

　　我就不行，嘴拙。但我喜欢哨客，像寻药引子一样地寻觅他们。

　　哨客给我讲过一个故事：在老北京南城，有家中药铺叫"西鹤年堂"，这天夜里，有人敲门，要买刀伤药。伙计付了药收了钱，隔小窗口一瞅，这人有点脸熟，没等想起在哪里见过，那人一转身，就不见了。第二天早晨，伙计数钱入账，发现收的钱竟是给死人烧的冥币。伙计再一想那人的长相，原来是前几天在菜市口刑场被斩的犯人。

　　从此，老北京诅咒人，就会骂："去西鹤年堂买刀伤药吧！"外地人不好明白的语言，人人都觉得有趣的故事，自有产生它的根基。

　　哨客说："在咱们边地，很早以前，就崇尚远行。带上猎枪——那时候野物真多呀。你在高处，野兔嗅不到你的馊汗味，嗅不到你的火药味。你居高临下，举起枪。野兔前腿短后腿长，要是朝上坡跑，身体平衡，跑起来飞快。但它背对你，向下坡跑，前低后高，像袋鼠跳跃，每蹿起一下，就是一个瞄准点。野兔惊飞草丛中的山鸡。枪响了，沙弹烟雾爆腾，你被震得颤抖，啐口唾沫，走过去，捡起野兔、山鸡，走到山根，架起篝柴点燃，片刻，野物香味飘出。在边地行走,也有弹尽粮绝的,便去经过的人家,讨一口饭。不能进人家的屋。蹲在当院,捧住碗吃。乡村碗大,饭菜盛得冒尖。吃完了,陌生路人撒目院子,看见老树墩,就抢起尖镐劈柴;看见大笤帚,就抓住扫院儿,扫得一方土院花纹清晰;看见扁担、水筲,就给主人挑满水。若是户整齐人家,院地干净、柴火垛高耸、水缸满溢、啥活儿没有,主人便对尴尬的路人说:'等你回来,从这儿经过时,再来吧。'你心里欠下一笔账。但返回时,蹲在院里,饱餐一顿后,仍旧没有活儿。你要回家了,就趴在地上,给主人磕个响头,走了。"

我听得着迷,又有点怀疑:用得着这样乞讨吗? 咱们这一带,民风凶悍,早先土匪挺多呀。

哨客大咧咧一挥手,说:"那当然! 你穷得俩卵子一夹叮当响,就去拉杆子。带一支枪算一股;牵一匹马算一股;没有枪,没有马,跟在胡子马队后面跑,叫'拍巴掌的',本身也算一股。抢劫大户后,按股分红。"

哨客讲得津津有味:"有一个车老板,赶着马车,要从浅滩过,见一个戴草帽的汉子,低着头,坐在河边脱鞋扒袜子。车老板招呼:'光脚过河多凉!'汉子说:'没事。'车老板说:'入秋,水咬人了。'汉子说:'不怕。'车老板说:'上车吧,也不朝你要过河钱。'汉子爬上车,车轮辐条激得河水哗啦啦响,水里的太阳、山峦、树木、枝杈上的鸟巢,破碎了。过河后,汉子从怀窝儿抽出匣子枪,掂了掂,说:'你这人,心眼挺好哇!'原来是胡子! 胡子在河边等"货"呢。胡子饶过了车老板!"

我听明白了:人生是一条河,与人为善,就是给自己留下了过河钱。

唠到半夜,哨客问我:"饿了吧?"

我摇摇头。

哨客说:"你们读书人讲究吃夜宵。走!"

我们俩来到街上。如果是白天,火红的幌子下,会站着一名伙计,肩搭毛巾,吆喝:"屋里请,又有包子又有饼,没有麻花现给你拧!"可这阵儿,天黑得连颗贼星都没有,饭店早歇了。

哨客咣咣砸门板,把掌柜的从被窝里轰出来,闹得满街狗叫。我们坐在灯光明晃晃的店堂内。哨客吩咐:"炒菜,烫酒!"掌柜的扎紧大腰裤,嘟嘟哝哝,向灶间走去。

哨客说:"咋不把幌子挂起来? 你这是贼店吗?"

掌柜的歪嘴一笑:"半夜三更,摆啥谱!"不情愿地拎起一只幌子,操起竹竿,走出去。

哨客吆喝:"你不是四个幌子的店吗? 都挑起来。瞧不起谁呀!"

四个幌子挂起来,红光耀眼。

看 果

徐常愉

春领把羊群撒到山坡上，转身一出溜钻进树荫里，仰面朝天地躺下去，眼巴巴望着远处的天空。天空中飘着几朵白云，薄薄的，很透明，就像女人的裙子被撕破了，扔到了天上。

果儿就穿着这样一身薄薄的白纱裙。穿着白纱裙的果儿把自个儿凹凸有致的身段摆弄得若隐若现，便把男人的目光挑逗得无所适从。想看又不敢盯住，却又终究忍不住要看，躲躲闪闪的，很难受。

春领就深受其苦。而此时，果儿就在对面果园的窝棚里看果。遗憾的是，窝棚口被一条花布帘严严实实地挡住了。

不过也好，自己看不见果儿，别人也看不见。比如臭不要脸的杨二坏，这个家伙已经不止一次骚扰过果儿了，春领就曾亲眼见过杨二坏在果儿的窝棚旁转悠来转悠去的。也就是从那一天起，春领每天都来这个山坡放羊，山坡就在果园的对面，可以清清楚楚地看到果儿的窝棚。春领想，有自己在，杨二坏就不敢来！

事实也是这样，杨二坏再没有在果儿的果园出现过。

春领很有成就感。就像把头羊指挥得乖乖顺顺的那种感觉，很自豪。

许多时候，春领躺在树荫下偷偷地想，自己为什么整天来帮果儿看杨二坏呢？自己跟杨二坏有仇？没有。杨二坏虽然坏，但从来没坏过自己。为了果儿死去的丈夫张大膀？也不是，张大膀活着的时候还打死过自己的羊呢！那到底是为了什么呢？可春领似乎并不着急知道答案，他就喜欢每天这么反复地琢磨。

然而，自从果儿的窝棚口挂上了花布帘后，果儿很少出来走动了，整天待在窝棚里。看不见果儿的白纱裙，春领的心里很失落，失落得连撵羊的鞭子都甩不响。后来他一边用石头狠狠地掷羊，一边愤愤地想，我看不见，别人也别想看见！春领依旧每天到山坡上来放羊，风雨不误。

看不见果儿，春领只能在树荫下胡思乱想，而他的思绪总是围绕着花布帘。春领想，为什么果儿要在窝棚口挂一个花布帘呢？是不是她以为自己整天在偷看她？应该不会，自己是很注意这一点的，大部分时间，自己都是与羊群打交道，春领对自己把握时机的能力还是很自信的。那是为什么呢？想着想着就想到了坏处去——是不是果儿的窝棚里进了人？如果真的进了人，会是谁？春领不能确定，但绝对不是杨二坏，杨二坏走路的动静，隔上二里地春领都能听出来。那会是谁呢？春领注意观察着窝棚里的动静，却始终一无所获。偶尔见到果儿，也是她孤身一人。还是那身白纱裙，挎着个小篮子。春领总是在果儿背过身去的时候才细致地观察她。春领看见，果儿圆鼓鼓的屁股被白纱裙裹得紧紧的，好像一使劲就要把裙子撑破了。果儿在果园薅薅草，间间果。春领撵羊的工夫，再回来，果儿就不见了。春领想果儿一定经不住太阳的晒，钻进窝棚里了。春领瞅瞅窝棚口的花布帘叹了口气，然后又一出溜躺在树荫下胡思乱想去了。

暑气一天一天地退了，春领也从树荫下挪到了沙窝里。天空比以前高了，白云也比以前多了。遗憾的是，果儿不再穿白纱裙了。春领失落地躺在沙窝里，无精打采。倒不是因为白纱裙，而是因为，果儿的苹果熟了……

"春领——春领——"春领突然听见有人叫自己，仔细一听，他听出来了，是果儿！他答应着，一个鲤鱼打挺从沙窝站起来。果儿正在果园里向他挥手，示意他过去。春领一溜小跑冲进了果儿的果园。

果儿指着树上红彤彤的苹果，对春领说："自己摘着吃！"春领站着没动，

显然春领不是来吃苹果的。果儿见春领不动弹,伸手摘了一个苹果递给他,说:"吃! 我的苹果,你是最应该吃的,帮我看了一夏天的果呢!"春领刚要把苹果往嘴里放,一听果儿的话愣住了。他问果儿:"不是你自己天天来看苹果吗?"果儿嘻嘻笑了说:"我家里一堆活儿,哪儿顾得上天天来啊! 再说,有你天天在对面山坡上放羊,我就放心了。"春领张大了嘴巴,刚要出声,急忙把苹果塞进了嘴里,边咬苹果边斜眼往旁边的窝棚瞅。春领发现,窝棚口的花布帘不见了,窝棚里空空如也。果儿满脸感激地问春领:"苹果甜吗?"春领急忙点点头,连说:"甜,甜,哪能不甜呢!"

讨 债

徐常愉·

大晌午,莽山嘴儿热闹开了。有人高声喊:"二满回来啦!"犹如一颗炸弹在莽山嘴儿上空爆炸,全村的男女老少都以最快的速度向村中间冲去。许多人嘴里还念念有词——看你这回还往哪儿跑!

到了村中间一看,二满根本没有要跑的意思。他正站在一辆装满煤的大卡车上向人们喊话:"乡亲们都听好了,我二满欠谁的苹果钱,赶紧来推煤,过期不付啊!"人们听了呼啦又散了,急匆匆地回家推车去。二满说得好,过期不付! 这小子干得出来,欠大伙儿的苹果钱都三年了,今天这乖乖终于要还了,还等啥啊! 人们心中欣喜万分。

一车煤很快就分光了。狼多肉少。有十来个人来晚了没分到煤,就找二满。可是,却不见了二满。全村都找遍了,没有。那十来个人低头耷拉脑地回来,自认倒霉。没想到,拉煤的卡车司机突然高喊了起来:"二满跑了,我找谁要钱去?"大伙儿瞅瞅卡车司机愣住了,大伙儿愣怔地看着卡车司机头上的汗像雨淋似的流下来。突然,人群呼啦一下又散了。街上一个人都没剩。

治保主任康林是最后一个听说二满回来用煤顶债这件事的,他从村部呼哧带喘地跑回来时,只看见那个卡车司机正蹲在地上打手机。康林问司机:"二满呢?"司机苦着脸说:"跑了,骗了我的煤跑了!"康林一拍大腿,说:

"又叫这小子跑了,也欠我三百块苹果钱呢!"康林颓丧地一屁股坐在司机的身旁。司机一边打手机一边问康林:"你们这叫什么地方?"康林问:"做啥?"司机说:"我要查号码,报案!"康林一听吓了一跳:"报案?报不得报不得!"司机说:"报不得?不报案,你赔我煤钱?"康林顿了一下,道:"再想想办法。"

康林最怕有人报案,一报案,他们莽山嘴儿就评不上治安先进村,评不上,自己就得不到乡里给的那两千块奖金,损失大着哩!

可是,司机根本没有听康林的话,继续打手机。康林急了,问:"你这车煤多少钱?"司机伸出两个手指头:"两千。"康林鼓了鼓腮帮子说:"你甭报案,我替二满给煤钱!"说到做到,康林立马回家取了两千块钱回来,给了司机。司机接过钱,一边道谢,一边急匆匆地上了卡车,拉了两声笛儿开车跑了,唯恐康林反悔似的。

康林瞅着远去的卡车,吧嗒吧嗒嘴,觉得值,至少自己的奖金保住了。

接下来,康林要做的事就是讨债了。康林气咻咻地想,我干了大半辈子治保主任,就治不了个二满?他当即给全村在外的民工打电话,吩咐道:"谁见了二满要立即给他打电话,举报者,有奖!"

然而,一年过去了,没有二满的消息;两年过去了,没见二满的影儿。康林的信心被一点一点地蚕食着……

没想到,就在康林的信心消失殆尽的时候,二满有消息了。

信息是从乡派出所传来的,说是二满进了县城的看守所。尽管这个消息很难让康林高兴起来,可康林还是决定去看守所见二满一面。他想,至少也应该让这小子知道,我替他背着债呢!

几经周折,康林在看守所如愿地见到了二满。二满一见康林就痛哭流涕。康林最见不得眼泪,让二满哭得自己也红了眼圈儿。好半天二满才停下来,康林问二满犯了什么罪,二满低着头说:"还有啥,诈骗呗!"康林一听说诈骗气不打一处来,抬手给了二满一脖溜子,说:"活该!不长个记性,到现在我还替你背着两千块钱的债呢!"康林就把自己替他还煤钱的事说了。二满一听又哭了,一边哭一边说:"等我出去了一定双倍还你!"康林没好气

地说:"谁叫你还?"话一说出来,把康林自己都吓了一跳。

探视的时间很快就到了。可是,二满仍然哭个不停。康林问:"你还有什么事吗?"二满吞吞吐吐地说:"我蹲了监狱,家里的老爹可咋办啊!"康林一听骂了句:"算你小子还有良心,你安心改造,你老爹,我替你想办法。"二满一听扑通给康林跪下了,康林一把将二满拉起来,训斥道:"长点出息!"

半个月后,二满的案子开庭宣判,二满因诈骗罪被判有期徒刑五年。几天后,二满的老爹被康林接到了他的家里。康林跟二满爹说:"二满在外面开了公司,工作忙,回不来,他每个月给我寄来生活费,叫我替他孝敬你。"二满爹喃喃地说:"这个臭小子终于学好了。"

把 式

吴忠民

村主任满生急急冲下山梁,双手拢在嘴边,站在土坎上朝着村口大喊:"快去,西头涎水家,快请把式!"

满生的爹今天下葬。满生爹的坟墓落定在村前隔河的南塬。手提罗盘的风水先生稳了好几次眼镜,催促着说,时辰到了,时辰到了,没人垒墓口这可咋办。这一催再催,满生像热锅里的蚂蚁,急得在村子所有男女老少面前团团转。

村子里走南闯北打工挣钱的人都赶回来给满生家帮忙。满生走到哪,大家的目光追到哪。谁也没有了主意。多少年没搞过农田基建了,修房子都是用砖砌墙,拿石头垒墙的活不是谁都能干的,年轻羔子谁会这种古老的手艺呢。况且坟上活比不得其他,垒不好会落主人家埋怨。

村里谁垒石墙手艺顶呱呱,大伙心知肚明。涎水早年得罪村主任满生很深,叫他来怕是不合时宜。就在最紧要的当口,满生亲自做了决定,还是得让涎水来。

墓地里有人抬石头,有人挖墓坑口,女人们掩面呼天抢地哭,忙乱的南塬充满了紧张肃穆的气氛。

有人说:"把式来了。"

涎水是垂着脑袋、袖着双手、腋下夹着铁锤和钢钎,稳稳当当一步一步走过来的。涎水没有多话，兀自接过总管递来的一瓶辣酒，仰脖一口气灌下去一半。涎水没有看在场的人，扯起袖头抹了抹生满短楂儿胡子的嘴，鼓鼓的鱼一样的眼珠木讷地随着脑袋一同转动，瞄一眼地上散乱的石头，回身瞅瞅墓口的地势，涎水低低说了句"散开些"，就蹲定身子做好干活的架势。在已经挖好的墓坑口，涎水横握短钎，双目放光，哗啦一声扫去了石屑和泥巴，像小娃子玩拼图般严丝合缝铺下了第一层大石。后继的石头递了过来，涎水把石头托在生满老茧的手中，掂起落下，眯眼左右瞧瞧，轻声一哼，扬起铁锤照准某条纹路敲去，那石头变戏法似的转瞬变得周周正正。再递上一块，涎水又是审视一眼，在极短的时间内决定了用哪面，要敲去哪个角，要掰成多大的石块。坚硬的石头如面团似泥巴，在涎水的手中被翻来覆去调整几下，敲掉的小石块和石粉就在他脚下刷刷地落了一层。斜插身子挤着观看的人个个微张着嘴，脑袋跟着涎水的节奏仰起俯下、仰起俯下。不觉间，涎水立起，四下里扫了众人几眼，拍两下巴掌掸去手上的灰尘，齐崭崭的一道石墙已封住墓口。

涎水平日里行走迟缓，表情漠然，但他垒石墙的功夫实在神奇，在场的人不由忆起了他的早年。

涎水大约是为垒墙而来到世间的。而涎水能成为垒石墙的把式，却是满生他爹一手造就的。那是农业社大搞农田基建的年月。那时的满生他爹说："涎水你眼功好，又单身一人没拖没累的，地边垒石墙的活儿就交给你。"涎水没言语，接了。涎水心性像山里的石头一样硬，答应了的事，吃屎喝尿也要弄好。饿了，啃几口榆面糕糕；累了，闷灌一气自己烧的秸秆酒。垒起了一台又一台密密匝匝的集体土地上的石墙。涎水垒石墙的手艺到了炉火纯青的地步，走到哪儿人夸到哪儿。把式这个称呼几乎取代了涎水的名字。涎水说："我再会个啥，不就是垒石头嘛。"

经常喝得找不着北的涎水，也有清醒的时候。有一回二寡妇请涎水垒门前被洪水冲垮的堤沿。涎水喝了二寡妇半斤烧酒，红着脸眯起眼半蹲在堤沿上，一边垒，一边鼻涕一把泪一把地拉长了声诉说："唉嗨嗨我的嫂嫂呀,孤儿寡母受人欺啊,村里啥人都领了镇上的救灾补助,村主任的亲戚六眷都跟着沾了光,你家凭啥就没份呢。有的人,快一把年纪了还不知道垒大石要靠小石来支撑哩。"二寡妇拦不住,就由着他嚷嚷。堤沿垒成了,涎水夯拉了脑袋坐在板石上,搂着两条精瘦的光腿杆,搓得腿上的脏物拧成细长条纷纷跌落,还在数落村主任的不是。

学校修操场时,涎水自己跑来帮忙垒墙。在掀起的一块大石头快要落地的时候,俯着身子的涎水胸前衣袋里的破手机跌了出来,被落下的石头砸了个正着。校长心疼地捡起那按键字迹已剥落的手机,说:"这怎么好使,要赔你一个。"涎水摇头笑眯眯地说:"这叫搬起石头砸自己的手机。"涎水摆弄着手里的石块对校长讲,"看得出你这校长还算是个好人,娃呀我告诉你,石头石头,它有十个头,就看你用哪头,用好了就垒成一道好墙,用不好三天两后晌也就倒了。"淡淡几句话,校长思量了好半天,最后校长说:"经典啊,涎水。"

墓口封好,满生拎来烟酒,充满谢意的双眼感激地望着涎水。

涎水拧身就走,撂下一句话:"给你爹封墓口,是我的人情。你爹和你,一码是一码。"

多少年来,村里人家的堂前坎后,梯田地沿,一排,一排,又一排,浑然天成的石墙就是一堵堵密不透风的屏障,那一茬压着一茬的青黑色石头被风风雨雨打磨得溜光水滑,似乎余留着涎水的体温,经见着岁月的陈旧。间或从石头的小缝里,生出苔藓,于经年滴答滴答的水珠浸润中,洇成一片片斑驳潮湿的绿。它似乎在向人们昭示:石头也有生命,石头也有感情。

句号和省略号

谢大立

　　太阳还在赖床,句号就一身绒布衫,在小吃街和菜市场的岔路口等省略号了。省略号头天天黑起的菜,定要起早来镇子里卖。

　　句号是因为从小就胖,脸圆得活像个句号而得名的,不像省略号,瘦得五官、四肢哩哩啦啦的像几个点。句号说的话,后面都可以用句号;而省略号说话,一句话只说一半,另一半看看他人的脸色后再说。

　　句号想告诉省略号,这个村子里像他俩这个年纪的,就他们两个了,何况他们还是同年同月同日生的老庚,该把以前的一些不愉快都忘到后脑勺了,该像儿时那样两小无猜,做一对安度晚年的玩伴了。

　　省略号来了,挑着一担菜来了。那脚杵在路面,一定会杵出来个坑,那无数个坑连在一起,不是省略号是啥?句号这么想着,脸上的笑就抑制不住。"又来卖菜?"打过这句招呼后,脸上那笑的不恭,也没有藏起来。

　　省略号一惊。省略号走路,头是低着的,像是在数步子,又像是想着心事。省略号急刹步,说:"怎么是你?你这么早就来街上吃早餐?"

　　"想不到吧?"句号说,"让你更想不到的是,我今天是特地起早在这里等你。"说着,一双眼在省略号的脸上身上睃来睃去。多少年来,两个人还没有这么近距离地面对过。省略号的额头上有汗,头顶冒着热气,土布衫上沾有泥巴,深秋天了,还赤脚穿着草鞋……句号有些心酸,话里也就充满了感情:

"我说老庚,你也该收手了。"

"什么收手? 收什么手?"大概是句号挡住了他前行的道路,也大概是担子太重,该歇息一会儿了,省略号小心翼翼地搁下担子,撩起肩上的汗巾擦汗,望着句号。

句号避开省略号的目光,心里说,是呀,叫他如何能收手? 他不像自己,一切都赶上了:结婚,老婆是百里挑一;两个孩子一儿一女,合起来一个"好"字,都出世了,才计划生育。他好不容易从人贩子手里买了个四川女人,想生个儿子,前三个却都是女孩……

于是句号一叹说:"儿女自有儿女福,孩子们的心还是让他们操的好。"

省略号说:"你这话怎么让我听起来糊里糊涂的? 我孩子们的心,是我孩子们自己在操哎! 我的几个女儿虽然嫁得远些,但都很争气。大女儿早就住上了楼房,二女儿三女儿去年也建起了楼房,儿子的大棚种菜也是他们两口子在弄……"

"好,好!"句号一个"好"字接一个"好"字,"好"得省略号眉头又皱起了。句号说:"你皱什么眉头? 我可是真心为你叫好。以前我总以为你不如我,现在看来你并不比我差。既然这样,你就该像我一样,每月叫孩子们给点钱,我们两个做个伴,安度我们的晚年……"

省略号打断句号的话说:"做什么伴? 你有老伴,我也有老伴,咱们过日子不是都有做伴的?"

句号轻轻地在省略号的肩上杵一拳,备显亲切地说:"你这个家伙别跟我打岔了,再打岔,我就要怪你不够意思了。那是什么伴? 我俩是什么伴? 我俩可是同年同月同日来到这个世界的,也就是结伴来的。虽然你托生在一个成分不好的家庭里,我借了那个民兵连长爹的光,但这几十年里,我哪次受委屈我不是在心里为你难受……"

省略号说:"你是不是把话说得太远了,现在谁还有心思扯那些? 你还是简单点,我还要赶路,我这担菜还要尽快挑到菜市场去,早一分钟就是早一分钟的价……"

句号也打断省略号的话说："我看你这家伙真是有点不够意思了，我这个想法在心里已经憋了好长时间了，百分之百的好想法，我们每天结伴到街上一趟，买点想吃的回来，过个无忧无虑的晚年。一块儿来到这个世界，一块儿离开这个世界……说句不该说的，我要像你，也有干不完的事、操不完的心，儿女多次请我进城给他们带孩子，去了我都回来了……"

"我懂了你的意思。"省略号接过句号的话茬说，"可要我像你那样，我办不到，你说的那种日子我也实在是不想过。就说眼下，你赶街不过是去吃一碗馄饨或是一碗面，吃了回家干啥？睡觉！睡觉起来干啥？吃饭……而我，卖完菜，看看什么菜看好，下一茬我该种什么菜，才能有更大的收获。收获你懂吗？我有时候用收获的钱买一块排骨，有时候买一个猪头，加上萝卜煮一大锅，我儿子、媳妇、孙子、孙女吃得乐呵呵的，乐呵呵你懂吗？"

"罢，罢！"句号打断省略号的话说，"怪不得人们叫你省略号，你就这么省略下去吧！"说完，不与省略号再说，往小吃城走去。

省略号也挑起担子，走上通往菜市场的道，歪着头，冲快步朝前的句号说："听好了，一个人如果感觉活在这个世上无事可做了，他的人生不是打上句号了是啥？"

草原知青往事(三题)

易卫华

追捕

草原的秋天,是牧民喜欢的季节,畜肥草旺。阿日宝力格的牧场沙丘金灿灿,草地绿油油,羊群像白云一样在草地上游动,牛马像珍珠一样点缀着草原。

小青岛被大队部安排到另一营子下夜(值班守夜),正好和在那里放牛的秋文在一起。他白天没有事,经常和"和勒"在一起,就精心把它打扮得更加招人喜爱。

小青岛的房东是一对中年夫妻,男主人话少,很善良,女主人却是远近闻名的调骑高手。她经常调"生个子"(没有人骑过的生马、生骆驼),每调好一匹马大队给二十工分,一峰骆驼三十工分。他们有两个姑娘:一个九岁,叫乌兰;一个十八岁,叫图雅其其格。俩人轮流每天替额吉放羊,或者挤奶。

秋文的房东是一对老少夫妻,岁数相差二十多岁,热情好客,性格开朗。但是男主人曾得过梅毒,没有鼻子,说起话来闷声闷气。女主人矮瘦精干,里里外外操持家务。他们有一个儿子叫包力苏和,十五岁。因为包力苏和跟小青岛、秋文岁数相差不大,所以经常在一起聊天,一起玩耍。

营子里年轻人多，显得十分热闹。大家经常早晨一起去捉马，晚上一起捉迷藏。白天，包力苏和经常像跟屁虫一样，跟在小青岛和秋文后面，玩笑打闹。相处时间长了，小青岛他们才知道他竟是图雅其其格的亲弟弟。

包力苏和能说一般的汉话，而且像他的亲额吉一样，有一手骑马、调马的技术，经常教小青岛、秋文骑马。没有事时，他就和小青岛、秋文坐在一起喝奶茶、调侃，或教他们学蒙古语。

"过几天就要组织捉奥劳马(散跑的野马)。"包力苏和说。

"真的？是不是很壮观？"小青岛问。

"当然，到时一看就知道了。"

"在哪儿?"秋文凑过来。

"就在东边不远。"

"我们能骑马参加吗?"

"能，到时候参加的人很多。"

"我也骑和勒去呀。"

"行。不过，我先骑骑你的和勒。"包力苏和早就听说过小青岛的马，有心骑一骑。

和勒见小青岛几个人过来，向小青岛叫了一声，绕拴马桩来回走动，显得十分亲切。小青岛解开缰绳，检查了一下马鞍子，紧紧马肚带，把和勒牵到包力苏和跟前。和勒来回躲闪，秋文后退了几步。

"挺厉害啊，还认人?"包力苏和试着靠近，和勒掉着屁股尥蹶子。

"包力苏和，你等一等。"小青岛握紧马嚼子，用身子挡住马头，不让和勒看见包力苏和，然后把缰绳交给包力苏和。包力苏和抓好缰绳，像骑生马一样，利索地骗腿上马。小青岛松开手，紧退了一步，只见和勒像疯了一样叫着，折腾着。

"驾。"包力苏和吆喝了一声，和勒猛蹿出去。

没等和勒跑出五十米，包力苏和突然从马上跳了下来。和勒向前跑了一段，叫着绕回到小青岛身边。

"怎么啦,包力苏和?"

"你的马骑不成,要命,认人认得太厉害。"

"哎呀,怎么马鞍子跑到脖子上了?"秋文吃惊地跑过来。

"我是像平时一样勒的马肚带。"

"我看着勒的,这是马不让我骑。"包力苏和也证明这一点。

小青岛把马鞍子重新整理好,牵着和勒拴到柳条扎的围圈上。和勒用头蹭着主人,情绪平静下来。

"你们嚷嚷什么呢?"图雅其其格和额吉闻声赶过来。

"没什么,和勒就是不让包力苏和骑。"小青岛拍了拍马的脖子。

"个人的骑乘,不知道脾气,别人可不能乱骑。"额吉一边提醒大家,一边瞧着和勒,"我摸摸,怎么样?"图雅其其格看了看小青岛。

"行啊,可要小心点。"

图雅其其格谨慎地往和勒跟前走,和勒来回掉转屁股,根本就使她不能靠近。额吉凭着调训生马的经验,也试图靠近。没想到和勒抬腿猛飞一蹄,差点踢着她,她也只得望而却步,隔着和勒几步远评头论足。

第二天,阳光灿烂,是追捕奥劳马的好日子。按照惯例,人们一早就骑着马形成一个长筒,分别埋伏在沙包后面。几个马倌儿天不亮就去圈找奥劳马,然后往事先布置好的筒子里轰。进筒后大家像接力一样追赶奥劳马,不让奥劳马有喘气的机会。一般情况下,每次追捕到一两匹奥劳马就十分高兴了。

小青岛和秋文一拨,躲在沙包后面,耐心地听着动静,不时露出头观看一下。和勒乖乖地跟在小青岛后面,立着耳朵来回听着动静。一个小时过去了,两个小时又过去了。

"是不是我们站错了地方?"小青岛有点沉不住气了。

"不会吧,安排我们就在这儿。"秋文也有点不安起来。

俩人刚坐下想歇会儿,就看见和勒猛地抬起头扭动着身子,远处传来急促的马蹄声,夹杂着"嗷、嗷"的轰马的声音。小青岛与秋文朝远处望去,只见八九匹一色的白马正向他们这个方向奔跑，匹匹白马瘦长腰，马鬃长长，马尾成平行线。马速十分快，扬起一片沙尘。随后有五个骑马人拿出马杆策马紧追。

"好漂亮的白马呀！"秋文惊叹着。

"上马，准备好。"小青岛翻身蹬上马。

当听到马群快到跟前，俩人迅速冲上沙丘，挡住了侧路。白马群狂奔而过，小青岛、秋文不顾一切，促马紧追，嘴里吆喝着。奥劳马就是好，跑得飞快，体质也棒。他们狂追了三四里地，又有一组人马接着冲了出来，追了上去。奥劳马速度不减，拼命奔跑。

小青岛和秋文完成这一段任务，骑马站在高处，观看声势壮观的场面。眼前沙丘成片，沙土飞扬，吼叫声此起彼伏，追捕的人越来越多。突然一匹白马加快速度，冲向前面。骑马的小伙子右手持套马杆，半蹲式骑在马上，稍侧身体。他身穿蒙古袍，扎藏红腰带，头系一条白头巾，十分耀眼。

小青岛高喊："加油，加油！"

"咱大哥。"秋文情不自禁地叫着。

马群被飞扬的沙尘遮住，一会儿消失在起伏的沙丘之中，一会儿又出现在视线中。真是太美了，忒棒了。

"咱哥那马是好样的！"秋文伸出大拇指，"听说这匹马年轻时，一气曾追趴下三匹奥劳马。"

"真的？"小青岛惊讶地追问。

"当然，就是这匹马毛病多，一般的人是骑不好的。"

"那还不是大哥好强？马倌儿刁难，认为知青没人可以驾驭。"

小青岛和秋文望着滚滚的沙尘谈论着。平常栋才这匹白马远看像个木偶马，习惯竖着耳朵张望着远方；走近仔细看，才发现它一身透明的白毛，没有一根杂毛，个头很高，非常壮实。它口角硬，善于奔跑，跑起来一般人勒不住。从来没人敢骒骑过，骑它必须备上马鞍子，而且你一抬腿它就跑，骑马好的人都很难上马。所以，人人称赞它是匹好马，但是谁骑它都头疼，传说这是有名的老马倌儿的杆子马(套马用的坐骑)。

"嗷、嗷……"轰马的声音由远而近,只见五匹白奥劳马向这边迂回过来,其中一匹跟在后面,拉开五十米的距离。栋才的白马紧追过来,几十名骑手紧随其后。突然间,栋才挥鞭,白马加速,栋才把套马杆向前一伸,一甩杆,套马绳套入最后那匹奥劳马的脖颈。栋才一倒手,又给自己坐骑一鞭,借势把马杆向前调整,套马绳缩在奥劳马的颈部。栋才就势拧了几下马杆的套马绳,然后臀部向马鞍后一坐——不愧是名马,栋才的坐骑立即四蹄一撑地,连蹲了几下,把那匹奥劳马拉住了。追上来的人们纷纷跳下马,丢下马杆,一拥而上,抓奥劳马鬃的抓奥劳马鬃,揪奥劳马尾巴的揪奥劳马的尾巴,折腾了一会儿,终于把奥劳马按倒在地。包力苏和机灵地从身上取下一副马嚼子给奥劳马戴上。栋才收回了马杆,脸上充满了得意的笑容。

小青岛和秋文策马从沙丘上跑了过去,马倌儿们正纷纷夸奖着栋才。秋文牵着马迎了过去:"大哥,你真可以啊。"栋才也不知道说什么,只是咧着嘴笑。

小青岛却迫不及待直奔包力苏和拉着的那匹奥劳马。浑身大汗的奥劳马惊魂未定,左躲右闪。这匹奥劳马确实漂亮,纤细的腰,足有一米长的白鬃,发达的肌肉,宽宽的脖子,全身玉一样洁白。

"这是一匹骒马。"小青岛像发现新大陆一样。

"那四匹倒是骟马,早就跑得无影无踪了。"包力苏和谨慎地拉着奥劳马的缰绳,丝毫不敢大意。

马倌儿巴特尔把包力苏和的坐骑牵了过来,让包力苏和把奥劳马的缰绳拴在坐骑的脖子上。

"呀喔那(走了)。"巴特尔高喊了一声,大家各自骑上马,浩浩荡荡地向队部骑去。

小青岛、秋文和栋才并排而骑,有说有笑,脸上充满了喜悦。

"你这马确实名不虚传。"小青岛从内心称赞着栋才的坐骑。

"确实,要不,怎么大家称它好马?"栋才自豪地笑着。

"小青岛,听说追不上奥劳马的事并不新鲜,今天捉住一匹就不错,你看大家那高兴劲儿。"秋文又装腔作势了。

"真没有想到,追捕奥劳马这样气势壮观。"小青岛没理秋文。

"小青岛,没想到的多了。"栋才还沉浸在欢喜之中。

小青岛看了看自己的和勒,弯下腰拍了拍马脖子:"各有所长嘛,和勒懂事,没有那些赖毛病。"

"阿伏太幼赛汗,奈门根车静,满奈啊都因玛呼……"包力苏和扯开嗓子唱起了《马倌儿之歌》。马队在欢快的歌声和马蹄声中向队部奔去。

调驼

草原的冬季一片荒凉,没有了美丽的景色。通常大地白雪皑皑,白毛风一刮,漫天都沉闷闷的。蒙古包披上加厚的毛毡,人们穿上了皮蒙古袍,除了放牧者,很少有人外出。在冬营盘里,牧民堆起了取暖的牛粪和羊砖(压得实实的羊粪块),用红柳编成的柳笆做成凉房,外面糊满了牛粪,里面挂满了一串串牛肉条。

冬天最好的交通工具就是"沙漠之舟"——骆驼,满身的驼毛绒乎乎的,几天不吃不喝,走上一天也不会趴下。好的骆驼,双峰直立,十分好看;弱骆驼有的前峰倒下,有的双峰倒下。不过,即使双峰倒下的骆驼,也能日行百里。牧民放牧时,无论羊倌儿、牛倌儿、马倌儿、驼倌儿都有自己的固定骑乘。

小青岛外出没有骆驼骑,时常思念自己放到马群的和勒,怕它大冬天吃不上草,饿瘦了。小青岛十分喜欢和勒,讨厌骆驼,嫌它脾气古怪,浑身一股汗臭味,但在冬季又也离不开它,他有时也帮别人去捉一捉骆驼。秋文的骆驼鞍子很一般,是包力苏和用过的。它是一块一尺八宽、七尺多长的毡子,对叠后,中间垫一块一尺八见方的鞍垫,两边有一对从马鞍上取下的马镫。驼鞍是用一根马鬃编成的寸宽肚带固定的。

小青岛时常琢磨哪一天有一副属于自己的骆驼鞍子。有一天他鼓起勇气向图雅其其格要了一块做驼鞍的毡子料,参照别人的驼鞍样式,构思自己的驼鞍图案。他不愿意同别人那样,用布包个边,中间弄上蒙古族常用的图案。

小青岛经过重重构想,终于决定将梅花图案绣在驼鞍上。没想到的是,他亲自缝绣的梅花图案受到了图雅其其格和老牧民的赞赏。他们一致夸奖小青岛手巧、图案漂亮。小青岛心里美滋滋的,别提多高兴了。

栋才胆大、心细、骑术好,在包力苏和的指点下很快就调了一峰生骆驼。秋文也学着大哥的样,也调了一峰骆驼,两峰骆驼被调骑得都很顺利。在大家的诱导下,小青岛让栋才选了一峰绒毛金黄驼峰挺立的生骆驼。

这天是小青岛调骆驼的日子。栋才帮助检查了一下鞍子和腿绳,秋文帮小青岛穿上皮蒙古袍,扎好腰带。一切准备就绪,可小青岛的心"怦怦"直跳,毕竟是第一次,他心里一点底都没有。小骆驼只有两岁,站直时有两米多高。看到有人过来,它立即站立起来,贼眉鼠眼的。栋才不愧是调过骆驼,有经验。他先把一根腿绳甩到骆驼前腿下,用一根柳条将绳头挑过来,然后将另一头从环套穿过去,一拉正好,一头绳套在驼蹄上的凹处,再一拉紧,另一腿绳子也按这办法套好……

"小青岛,把鞍子拿来。"栋才指挥着,从小青岛手中接过驼鞍,放在两驼峰之间。小青岛紧张得不敢吱声。栋才用柳条把固定鞍子的肚带从骆驼身下勒过来,秋文拿到后用力把驼鞍固定好。

"小青岛,看你的啦! 没事。"秋文拍了拍身上落的驼毛。

"知道啦。"小青岛脸上皮笑肉不笑,掩饰不住紧张的心情。

"上去骑稳,就和调马一样。"栋才看出小青岛太紧张,安慰道。

小青岛整理了一下皮蒙古袍,又活动了活动穿着毡靴的双脚,鼓起勇气,接过栋才递过来的骆驼缰绳,从左侧骑上骆驼,试了试驼镫,动了动身子,深深地吸了一口气,尽量调整好自己的状态。

"准备好了吗?"栋才问。

"好了。"

"一定骑稳,注意前方,可以松腿绳了。"

小青岛顾不上回答,看了看前方,小心地松开腿绳,用脚一磕骆驼肚子,骆驼立刻起身。小青岛刚拉紧缰绳,生骆驼就像疯了一样,尥着蹶子向营盘外跑去。小青岛骑术真提高不少,骆驼尥了十几个蹶子也没有把他撂下来。小青岛用力拽住缰绳,想让生骆驼跑慢一点,可是怎么也拉不住,耳边风呼呼直响,眼前一片野茫茫。不能让它无止境地跑,回不来怎么办?小青岛一边想着,一边身体向后,两脚向前蹬住驼镫,用尽全身力气,几乎后仰在骆驼上也不济事。这时小青岛脑子里一片空白,想哭都哭不出来。

栋才和秋文骑着骆驼从两侧追赶过来,幸亏不远处有一群骆驼,小青岛骑的骆驼才减下速度。骆驼刚一停下,小青岛立刻双手拉腿绳,等骆驼一跪下就马上系住腿绳,然后仰望天空长长地出了一口气。那骆驼扭过头来"呀扑"一声朝小青岛喷出还带着食渣的臭气,然后平平地卧在地上。栋才、秋文追上来,离小青岛还有三十多米就下了骆驼,牵着自己的骆驼,走到小青岛跟前。

"没事吧?"栋才关心地问。

"没事。"小青岛看了看栋才、秋文,脸上没有一点表情。

"没事下来吧。"

小青岛顾不上三七二十一,双靴立刻脱开驼镫,整个身子向左一歪,就离开了驼鞍。他双腿抖得不听使唤,差一点没站稳。多亏他穿着大皮蒙古袍和毡靴,才没有让栋才、秋文看出来。

"怎么也拉不住。"小青岛强打起精神说。

"调骆驼,你要慢慢调,它不懂你要做什么。"栋才认真教着小青岛。

"缰绳不能同时用力,你哪有它有劲儿!"秋文补充说。

"我知道了。"

"不错了,蒙古人敢骑生骆驼的也没多少。"栋才鼓励小青岛。

"真可以,撂了小青岛十几下,没有摔下来,我那个才撂了五六下。"秋文真会打气。

"再骑,你跟在我们后面,调整好缰绳。"栋才有把握地嘱咐。

休息了一会儿,小青岛就不像刚才那样紧张,心里想有你们在就行。也怪,小青岛再次骑上后,骆驼老实多了,顺从地跟随在栋才、秋文的骆驼后面向营子方向走。生骆驼一见到营子,就东看看西望望,鬼鬼祟祟。小青岛集中精力,调着生骆驼跟随在两个骆驼中间。离拴骆驼的地方还有一段距离,他就拉起生骆驼一边的腿绳子,嘴里念着"扫、扫"(卧的意思),费了很大劲,生骆驼才卧稳。小青岛系住骆驼腿绳,利索地下了骆驼,松开腿绳,小心地牵到拴骆驼的地方,把它拴在栋才、秋文的骆驼旁边。

小青岛转身看见栋才、秋文在笑,弄得他莫名其妙。

"怎么啦?"小青岛有点不好意思。

"没什么,什么都是逼出来的,这不,逼着骑生骆驼也就骑了。"栋才笑盈盈地用左手习惯地捻着小胡子。

"要是我们不管它,得让小青岛哭着叫妈。"秋文有意调逗着小青岛。

"你调生骆驼不也是这样? 你倒忘了。"栋才笑嘻嘻地瞅了秋文一眼。

秋文扶了扶帽子,不好意思地笑了。

傍晚,小青岛、栋才和秋文一起去放骆驼。在栋才的指导下,小青岛学着先拉住骆驼腿绳子;当骆驼抬腿时,用力拉右腿绳,嘴里吆喝"扫、扫",左手往下拉骆驼龙头;骆驼一卧下,迅速把两根腿绳子拴紧,使骆驼起不来;然后,小心地把骆驼绊伸到右腿上扣好扣,再把左腿扣好;最后解开腿脚绳,让生骆驼自己学着走出营子吃骆驼草或木本小林棵。

骆驼绊与马绊大小不一样。马绊一般像 T 形,绊两前腿,再绊左后腿;骆驼绊只绊两前腿,使它走不起来,也走不太远,捉时好捉。不管是马绊还是驼绊,都是用上等的好牛背皮,通过特殊的熟皮办法熟好,再把皮条揉软编成的,根据腿脚的距离可以编大编小。戴上绊,一般的马、驼走起来不方便。

从那以后的二十多天里,小青岛每天骑着生骆驼串营子。生骆驼调得很听话,也老实,骑着它很舒服,因为这峰骆驼腰很软,有时还会撒腿跑起来。生骆驼毛很好看,配上小青岛自己做的鞍子真是漂亮,就好像专门为骆驼事先量身定做似的,小青岛骑上显着很神气。

草原的天气说变就变。一变天,白毛风一刮便满天雪蒙蒙的。

一夜过后,雪停了,天蓝了,地上一片银白。小青岛叫上秋文,去捉骆驼。他们在一尺厚的大雪里走着,顺着昨天放出骆驼的方向,翻过几座沙包就找到了它们。

小青岛揉揉冻僵的双手,走到自己的骆驼跟前,解开拴在驼鞍上的缰绳,左手上下抖着缰绳,嘴里吆喝"扫、扫",右手拉动腿绳,没费多大工夫骆驼就卧下了。小青岛把骆驼腿绳捆好,解开腿绊,挂到鞍子上,骆驼稳稳地站了起来,刚走几步,小青岛就觉得今天骆驼脚下轻飘飘的,有点异常。

"秋文,今天骆驼不对劲儿,慢点走。"小青岛有点发怵。

"走吧,没事。"秋文骑着骆驼在前头蹾了。

小青岛小心翼翼地跟着秋文后面。不一会儿,秋文骑骆驼走远了。小青岛双手握紧缰绳,稳稳坐在鞍子上,还是觉得骆驼反常,走起路来,轻得使人不可相信。就在这时,前面是一个下坡,骆驼蹾到坡腰,狠狠地尥了几个蹶子,小青岛身体立刻失去平衡,"啪"地一下,被甩了下来。骆驼自己跑回营子去了。小青岛爬起来一看,皮蒙古袍摔了几个大口子。他活动了活动身子,还行,没事。

小青岛气极了,见到秋文就骂:"什么贼骆驼,天变它也变。"

"没摔坏就行了。"秋文安慰小青岛。

"让你等一等,你跑什么跑!"小青岛气不打一处来,冲着秋文叫。

"我以为没事。"

"今天我觉得骆驼反常,走起来特别轻。"

"行了行了,消消气,我想办法给你缝皮袍子。"

小青岛脱下皮袍,甩给秋文,一头钻进蒙古包。秋文把蒙古袍送给图雅,请她修补,然后走到围圈捉住生骆驼,把缰绳拴在柳笆上,找了根柳条就抽打骆驼,嘴里骂着:"让你不老实,让你不老实!"打得骆驼"呱、呱"直叫。骆驼不像马通人性,长相就是贼眉鼠眼。马随主人,你对它好,它也对你好。小青岛对骆驼很反感,认为骆驼心眼儿很坏。

那是一天傍晚,天已经黑了,还是白毛风刮着,小青岛吃完晚饭,按约去串门。按照平常的骑法,小青岛骑上骆驼,骆驼就像惊了一样,尥蹶子从营子后面的坡下蹿到坡上。幸好小青岛没摔下来,可是骆驼不听使唤,抬腿就跑。小青岛意识到不好,立即拉起了骆驼的腿绳,骆驼"扑腾"一声跪下,他就从鞍上蹿下来。小青岛的腿颤抖得有些站不稳,好容易定了定神,牵着骆驼返回了营子。小青岛边走边嘀咕,这天气,白毛风刮着,一旦跑出去,没准就会摔在野外,冻死在风雪里,太可怕了。

小青岛拴好骆驼,回到蒙古包,大喘了一口气,盘腿坐在毡子上,脸色苍白,十分难看。

"你怎么又回来了?"图雅其其格的额吉问小青岛。

"这骆驼,我一骑上它就尥了十几个蹶子上了坡,拽也拽不住。"

"骆驼个性很强,特别是大冷天,气候不好就是这样。"额吉给小青岛讲述着骆驼的习性。原来,骆驼喜欢寒冷,个子大胆子却很小,心眼儿小,报复心极强,一有机会就会报复。骆驼每年冬季交配,怀胎二十多个月。冬天,种驼峰上都绑有小红旗,警示人们这是种骆驼。一群骆驼里只有一个种骆驼,其他种驼是不能侵犯的,如果发现有人,它就会嘴里吐出白沫,追上以后把人压在身下,直到压死为止。经历过的人说,发现种骆驼追赶,抓紧时间脱下一件衣服丢下,赶快逃脱,种骆驼发现衣服就去压住衣服。这是逃出死亡的一招,这也就是牧民的经验。

小青岛过去只知道骆驼有沙漠之舟的美称,听完了额吉的讲述,明白了骆驼与其他事物一样都有两重性,心态逐渐平和下来。

蒙古包外,白毛风依旧刮着,蒙古包内烧着牛羊粪,所以暖洋洋的。无数个日日夜夜,小青岛就是这样在与牧民的交流中学到了不少知识,不断地充实着自己。

套马

每年的五月、六月是草原牧区最忙的季节，梳羊绒、剪绵羊毛、打马鬃都在这个时候。尤其打马鬃是最热闹的，就像过节一样。小伙子们在这时会尽情展示自己套马、摔马的技能。

在这一天，小伙子们都会穿戴得十分讲究，手持套马杆，骑上杆子马；姑娘们打扮得更加漂亮，拿着剪马鬃的大剪刀。其他的人们都像赶集似的前来观阵看热闹。

一早，马倌儿就把马群集中到固定的平坦的地方，给马群饮上水。九点钟，人们陆续赶来，开始做准备工作，有的骑着马圈马群，有的在火堆上烧着好几把烙铁。烙铁就是给马烙记号用的，记号是牧场的标志。烙铁用一米长的铁棍做把手，烧红后在小马的左后大腿上一按，就烙下了标记。

小青岛和秋文、栋才等知青早早就骑马赶到这里。栋才骑着白马，手持套马杆也准备试一试套马，小青岛和秋文帮着圈马。

上午九点钟左右，马倌儿们开始了套马，顿时马蹄飞扬、马鸣声声。几个马倌儿追赶着一匹小马驹，把小马赶出马群。大家各显其能，策马追赶。有的小马很聪明，千方百计地摆脱，找机会就跑回马群，马倌儿们只好勒马重新开始。

包力苏和也加入了套马的行列，骑马飞奔，动作轻巧。这时，就见一匹小黑马在马群外面撒欢儿奔跑，几个马倌儿争先恐后地追。包力苏和凭借自己小巧的身体追到前面。小黑马一个急转弯，把他甩开。其他人又追上来，他又插了过去。场上一片扬尘，呼喊声、马蹄声响成一片，场面不亚于那达慕。

就在这时，只见包力苏和挥鞭策马，机灵地追到了前面，在距小黑马一马杆的距离时，又甩了一鞭。坐骑前蹿，包力苏和趁势前倾身体，在双手往前一送套马杆的同时，灵活地一甩马杆前的套马绳，准确地套在小黑马的脖子上。在小黑马前蹄的同时，包力苏和左手持套马杆，右手挥鞭给了坐骑一鞭，接着双手持杆，巧妙地将套马绳套到马头上，然后将套马绳提在双耳中间后，立刻拧紧套马绳。同时，包力苏和的臀部坐到马鞍的后面，坐骑就收腿撑地往后坐。前面的套马技术发挥得很好，只是坐骑不能做主，因为他的坐骑不是专门训的杆子马，所以配合不协调。包力苏和坚持了两下，力不从心，双手脱杆，小黑马带着马杆蹿了出去。几个马倌儿挥鞭追赶，小黑马把包力苏和的马杆折断了几截。包力苏和望马叹惜。

这时，马倌儿巴特尔飞快地冲上去，逼近小黑马，熟练地几下就将小黑马套住，稳稳地拽住小黑马。小黑马面向巴特尔挣扎着。几个小伙想上去摔倒小黑马，试了几下却没有得手。

包力苏和套马失手，立刻跳下马，跑到小黑马跟前，试图揪住马耳朵，试了几下，没有揪到；又绕到马后，趁乱一把拽住了马尾，跟着跑了几步；就在马再次重心失去平衡的时候，他从右方一用劲儿，借势狠狠地把小黑马摔倒在地。几个小伙子一拥而上，按马头的按马头，压马身的压马身，终于把小黑马制伏。

姑娘们抢着给这匹两岁的小黑马剪马鬃——马鬃剪得很短，不整齐，很难看——剪的马鬃全部装进麻袋里。然后，小伙子从火堆里拿来烙铁在马的左屁股上用力一按，立即冒起一股蓝烟，散发出刺鼻的毛煳味。最后，有经验的老牧民还要给小黑马骟蛋，使它成为骟马。

小青岛和其他人骑着马把跑散的马群再圈起来。和勒很懂得主人的意图，往回追赶散马，把这匹赶入群，又去追赶下一匹，跑起来快慢恰到好处。

栋才在秋文的蛊惑下，骑上他的白马，手持着马杆，加入了套马的行列。马倌儿的套马杆都是用上好的红柳树干做成的，长都在四米左右，底杆一般两米多长，上部接一根略细一点的，接口牙错牙，用胶水粘好，打磨好，很合缝又光滑。杆梢用红柳，倒钩在马杆头上。整个马杆由粗渐细。套马绳是用熟过的细牛皮编的，一头拴在梢上，一头拴在接口处，形成一个直径大约一米的套子。一副好的套马杆也是一个马倌儿的象征。好马倌儿的套马杆都修得很细致很匀称。

这时,栋才瞅准机会与马倌儿向一匹小花红马追去。这一匹小骒马拼命地跑,大家紧追不舍。还是栋才的白马快,他很快就用马杆套住了,小花红马使劲儿向马群冲去,外围的马立刻闪出一条道来。当小花红马跑回马群里就跑不动了,马群的马来回蹿动,栋才持套马杆来回躲。就在这时,一匹大马回过头,横向马杆就冲过来。栋才怕撞断马杆,只好松开双手。马杆一落地,惊得马群往两边躲闪,小花红马带着马杆一直向前挤着跑。包力苏和冲上去,眼疾手快,一把抓住马杆,立刻一个后仰前蹬,用力拽住马拴,足足拖了二十多米才把小花红马拉住。人们一拥而上,扑了过去,把小花红马按倒在地。剪完了马鬃又打完烙印后,包力苏和来了情绪,非要骑一骑。

一般生马戴着马嚼子也不好骑,何况是不戴马嚼子又没有缰绳骣骑,就更不好骑了。大家拽住马耳朵,让小花红马站起来。包力苏和在众人的帮助下,一迈腿骑在小花红马上,双手拽住仅留下的一小撮马鬃,坐稳后说了声:"巴拉杰(行了)。"大家松开手立刻躲散开。只见包力苏和稳稳地骑在小花红马上,任马尥蹶子,赢得一片叫好声。

小花红马不甘心,接连了尥几个蹶子,包力苏和就是掉不下来。在大家的喝彩声中,包力苏和趁马四腿离地的一瞬间,一偏腿跳了下来。

当人们把敬佩的目光投向包力苏和的时候,有个骑着一匹白马、手持马杆、身体健壮的马倌儿由远而近向这边驰来。

小青岛拽住马缰绳,侧过身问图雅:"这是谁来了?"

"苏荣扎布。"

"我怎么不认识?"

"他是一队的马倌儿。"

"噢,是不是传说的那个马倌儿,还是兽医?"

"对,就是他。"

"苏荣扎布,苏荣扎布。"小青岛嘴里念叨着。

苏荣扎布与大家打招呼后,就与马倌儿们寻找下一个套马的目标。他们盯住的目标是一匹留作种马的三岁黑马,这匹马浑身乌黑发亮,肌肉发达,长长的鬃发,十分漂亮。

这匹小儿马很机灵,见到马倌儿骑马过来就先跑起来,一直跑很远。马倌儿们绕着它圈了回来,就一起开始追。小儿马跑得十分快,眼见要到套马的范围,它又变方向,跑离马群。经过几个来回,苏荣扎布瞅准机会提前施展了套马技术。套马绳子一套入小儿马,小儿马就直奔马群,马群大乱,扬起一片尘土。凭苏荣扎布的技术,套住小儿马是没有问题的。就在他拽住套马杆,屁股后坐的一刹那,意想不到的事情发生了——前方一个饮马槽横在那里,小儿马跨了过去,苏荣扎布的杆子马却已经后坐了。说时迟那时快,苏荣扎布狠狠地又坐了一下坐骑,用尽全力拽住马杆。杆子马不愧是好杆子马,四腿撑着地,马身后坐,地上拉出了深深的两道痕迹,死死地拉住小儿马,就像钉在大地上一样。

人们把小儿马制伏后,苏荣扎布的杆子马却软软地向一边倒去。苏荣扎布还没有弄清怎么回事,赶紧去扶,但是杆子马还是倒下了,嘴里吐着白沫。苏荣扎布像从梦中惊醒一样,一摸马脊骨,心凉了,眼泪止不住流了下来,健壮的汉子立刻丢下套马杆,抱着马头大哭起来。人们围过来,呆看着眼前悲惨的杆子马。当这匹杆子马闭上眼的时候,男女老少都流出了伤心的眼泪。

后来从人们的议论当中,小青岛才了解到,这匹杆子马是当地闻名的好马,是老马倌儿生前传给苏荣扎布的,它曾在牧民中有许多的传奇故事。

为了悼念这匹神奇的杆子马,人们在不远处挖了个坑,深深地把它埋葬了。这也许是草原牧民对马的最高礼节。

要离开这片套马场的时候,人们纷纷牵着马向埋葬杆子马的土堆低头默哀,表达对它的哀思……

一头牵不上楼的黑驴

徐国平

古北村的旧村改建终于完成了，五排耸立的新楼分外诱人眼目。

由于此次改建是全县的试点，县领导和媒体都十分重视。

分房那天，古北村的老老少少都聚集到新楼前的广场上。

很快，那些抓阄后拿到钥匙的人，一个个兴奋得就像洞房花烛夜头眼瞧见新娘子一样，纷纷上楼看起自家的新房。

独有古大车牵着一头黑驴躲在一旁，闷声不吭地咂着闷烟。

有人打招呼："咋蔫了，嫌房不好？"

古大车摇摇头，半天冒出一句话："俺上楼了，黑驴住哪儿？"

人们一听，都笑弯了腰，捂着肚子戏谑道："给黑驴在新楼也弄个卧室啊！"

古大车没有恼火，满脸乌云。儿子手气好，早就抓了套三楼，高兴得张牙舞爪，一个劲儿地催他上楼瞧瞧。

古大车就是守着黑驴不挪窝，气得老伴儿守着众人就骂他脑子让驴给踢了。

冷不丁，古大车真就上了邪，牵起黑驴头也不抬就来到自家新房单元的楼道口。

古大车牵着黑驴竟要上楼。只是黑驴来了倔，死扯活拽，四蹄跟钉在地上一样。

古大车累得气喘吁吁，也舍不得打一下黑驴，嘴上不住地骂，犟种。

黑驴横在楼道口。村人都远远躲着，像看疯子一样。

一帮记者一见这场面，纷纷围上前，又是拍照又是摄像，问古大车为何要牵着驴上楼。

古大车指着黑驴仍不泄气，俺家黑驴是功臣，人都住了楼，它为啥就不能住？记者们刚要刨根问底，冷不丁，那头黑驴被一闪一闪的闪光灯吓愣了，猛地一尥蹄子冲出了记者的包围圈儿。古大车连跳带蹦地边追边喊："拦住俺的黑驴啊！"

人们都嘻嘻哈哈地闪到一旁，放任黑驴在楼房前兜圈儿狂奔。

瞎胡闹，台上一帮领导眼瞅着脸色不悦。急得村主任跟剁了尾巴的猴一样，慌手慌脚地吆喝着村干部："好歹用绳子套住了发疯的黑驴，拴在一根电线杆上。"

古大车累得一头白毛汗，蹲在地上指着黑驴破口大骂："你个憨驴，咋就不上楼哩？"

村主任也上气不接下气，一个劲儿地劝古大车看好黑驴，别再出洋相了。

那头黑驴打了一阵响鼻，在地上翻了几个滚。古大车的肚子也咕咕响起来。

临近正午，村里的新房就分完了。

古大车又犯了倔，跟儿子叫板，不给黑驴安排个窝，就不上楼。儿子也来了气，怨恨古大车没个老人样，丢大了脸，就是不搭理他。可古大车往黑驴旁一躺，绝食了。

老伴儿知道古大车的性子，忙找人劝。可古大车死活不松口，比黑驴还犟。

熬到擦黑，儿子还是打发媳妇把刚分到手的车库让给黑驴住。古大车那张阴沉的驴脸终于有了一丝笑模样。

老伴儿气得骂他："就甭上楼了，搂着黑驴睡算了。"

古大车还真要把铺盖卷背到楼下。村人瞧着无不掩嘴。

古北村人都知道，古大车平素拿黑驴比老婆孩子还亲。他的家业都是靠着黑驴拉来的。他家里穷，分家时拉了一屁股饥荒。后来东借西凑买了头黑驴驹子，又请木匠伐倒家里的一棵老槐树，做了一辆板车。他赶着驴车起早贪黑顶风冒雪拉起脚。时间一长，人跟驴有了感情。一回，在集上给儿子买了一斤砂糖，黑驴半道拉水泥累虚了，他二话没说就把砂糖塞进了黑驴的嘴里。还有一回，雨后路滑，他怕黑驴爬坡使不上劲伤了腿，自己弓腰套上了车辕，却让黑驴拉外套。一帮赶脚的都嘲笑他："是驴拉车还是你拉车？"古大车擦着满脸的臭汗嘿嘿一笑："不能把牲口一回就累趴了蛋，还指望它长久给俺家使劲儿。"

那头黑驴跟古大车还是生死之交。

有一年秋后，古大车到外县拉脚，受寒发高烧倚在车上直犯迷糊，熬不住摔在公路上，是黑驴用嘴叼住他的腰带，硬将他叼回家，捡了他一条小命。

"这头黑驴可是俺家的有功之臣，它不仅帮俺挣钱盖起了五间大瓦房，还救了俺的命。现今过上了好日子，可不能做卸磨杀驴的事，俺要给它养老送终。"古大车不止一次跟外人讲，也真格把黑驴供养起来。

前年，村里改造，古大车的五间旧房拆了，驴棚也拆了，家人都乘机劝他把黑驴卖掉。可古大车瞪眼翘胡子就是不让，要把驴卖到饭店下汤锅吗？

古大车把黑驴牵到了闺女家，并对闺女说："想孝顺你爹，就别让俺瞧着黑驴受罪。"现在，黑驴是安顿下来了，可车库成了牲口棚，气得儿子儿媳隔三岔五就吵嘴打架。

古大车权当没听见，没事就在车库里打扫驴粪。

村里也有人嫌黑驴有股子味，当面不敢找古大车，就跑到村委发牢骚。村主任硬着头皮找古大车，可被他一句话给呛回去了："俺的黑驴又上不了楼，总不能让它住村里的敬老院吧。"

那天过午，古大车牵着黑驴到村外让驴吃草。日头很暖和，他倚着一棵歪脖子柳树不知不觉打起盹，一觉醒来，黑驴不见了。古大车慌忙四处撒脚找着喊着："俺的黑驴，谁见过俺的驴啊！"

起初围观的人还有些幸灾乐祸，可最后瞧见古大车疯了一样，嗓子都扯哑了，有人便不忍心，陪着古大车找驴。天黑也没见黑驴的影。古大车大半天连累带上火，半道就走不动了，被人背回家便不省人事。后半夜，人就不行了。儿女们哭哭啼啼地守在身边。

古大车咽气时，只说了一句话："给俺扎一头黑驴做伴儿。"

由于村里没了平房，古大车的丧事办得就简单了许多，但是那头扎糊的黑驴格外显眼，不细看还就当成了一头活驴。

就在送殡的队伍缓慢地走出村口，耳尖的人们猛然听到前面传来一阵驴叫。

随即，就见一个黑糊糊的影子从一片丛密的庄稼地里奔来。

渐渐看清了，是头黑驴，是古大车的那头黑驴。

人们不由得停下来。就见那头变得瘦削无比的黑驴踯躅在路边，对着村庄的楼房引颈嘶叫起来，声音是那样凄切。

捉蟹王教招儿

曹宁元

林碧是海岛捉螃蟹高手，人称"捉蟹王"，方圆百里赫赫有名。儿时，父亲渴望我日后有口饭吃，就硬拉着一脸窘迫的我到"捉蟹王"处拜师学艺。

林碧同父亲是老朋友，不好推辞。我趿拉着一双露趾的旧塑料鞋跟随父亲踏入堂屋，在一幅"心诚则灵"的标语下，像玩家家一样跪拜了坐姿端正的师傅林碧。

礼毕，林碧当着我的面一本正经地对父亲说："一天一招儿，一招儿一千。"

妈呀，这么贵？我吓得哆嗦，怔怔地望着父亲那张写满沧桑的胡子拉碴的脸。

"行！"父亲微微一笑，不假思索，爽朗应答，干脆得让人无法相信。那时，我家很穷，几乎寅吃卯粮。

尔后，林碧双眼炯炯盯着我，冷冷地说："诀窍不得外传。"语中带有一股盛气凌人的派头。

我"嗯"了一声，满肚疑惑。

这里，泥土中、海滩上的螃蟹品种有很多，有沙蟹、光溜蟹、拜元蟹、花蛤蟹……五花八门、各色各样。太阳一照，地面升温，这些蟹宛如得到命令似的纷纷从泥洞里爬出来了。别看它们个头小，可精灵着呢，始终挨在各自的家洞旁边转悠，有的干脆寸步不离地待在洞口，一有风吹草动，便倏地钻入洞内。显然，要丰产必须掌握捉蟹的技术。

偌大的成本刺得我的心隐隐作痛，时间得珍惜啊！

头一天我起得很早，没忘带上笔和本子，心想一定要把一千元的技术学到手。

可令人想不到的是，林碧早给我准备了一把铁锹和一只小木桶，非让我独自去月弯沙滩挖蟹，还说沙滩蟹个头小，挖一碗即可回来，省力。

匆匆赶到沙滩，左看右瞧，蟹洞确实很多，我立马捋起袖子放开手脚顺洞猛挖，可一使劲沙泥滚动就找不到洞了，找不到洞就捉不到蟹。我心一急只能像推土机那样盲目乱挖，结果忙了半天才挖出三只，且挥汗如雨，精疲力尽。

晌午，林碧悄然来到我的身边，他二话没说教我一招儿：一旦发现海滩上有蟹洞之后，就可用双手捧一些搁在沙滩上方表层面干燥的白色沙子，一鼓作气地灌入蟹洞，待灌满后，就抓紧时间迅速开挖。由于刚刚灌入洞中的干沙子与洞中周围的潮湿泥沙颜色不相同，当你一直跟随干沙挖到洞底时，惊慌失措的小家伙便自然暴露在你的眼皮底下了……

林碧坚持一天一招儿，别出心裁。翌日教的是诱蟹：自己制作一些"大入口小出口"的捕蟹笼子，笼内放点死鱼、烂虾之类作诱饵。待潮水涨大时，你就见机将蟹笼投放在螃蟹活动频繁的海岸边的海水中，诱蟹入笼，随后拭目以待，俟机捕捉……

第三日是雨天，他教的是照蟹：一场大雨之后，闷热的黑夜伸手不见五指，这是采用集束灯光照捉螃蟹的最佳时机。遇上这样的气候，蟹总是习惯性地不知不觉爬行出来。这时，当你争分夺秒用手电筒或其他集束灯光突然照射时，防不胜防的蟹就会像瞎子一样，因找不到自己回归的路线和洞穴而被逮着……

第四日，他教的是闷蟹：又大又肥的黄蛤蟹貌如青蟹，白天总是蜷缩着深藏在泥洞里，一般到夜间方才悄悄地爬出来觅食，沙滩或泥地里便留下了其爬行的足迹。根据它的足迹，就能很快找到它的洞穴，即可采用稻草或塑料布裹泥土的办法，将蟹洞的几个出口统统严密封住。翌晨，当你兴致勃勃再次来到现场清除自己堵洞的草泥时，蓦然发现洞口竟有一只被闷得不死不活的大螃蟹，多么令人惊喜啊！

之后，林碧又教了钓蟹、牵蟹、摸蟹、拉蟹等数招儿，快马加鞭，折腾得我腰酸背疼，真想溜之大吉。

不过，林碧虽没将捉蟹招数和盘托出，但我已踌躇满志。担忧的是支付学费的问题。于是，我随机应变，毅然决然告别了捉蟹师傅——林碧。

事后，父亲含笑对我说："林碧根本没有收咱一分钱，当面讲价是刻意促使你好好学习而已。"我豁然明白这一秘招儿的深刻含义，一丝敬意油然而生。

这事与村长无关

葛俊康

小李刚结婚,大嫂就闹着要分家。

小李父母早亡,一直和大哥生活在一起,现在结婚了,分家也正常。小李也不想和大哥住在一起了。经过商量,老屋归大哥,大哥出两万,小李重新建房。小李找到村长,要求批宅基地。村长看了小李一眼,仿佛不认识似的,笑笑,说批宅基地的事情不是他一个人说了算,要大家开会商量才行,让小李等着。

小李这一等就等了几个月。从开春等到夏季,从夏季等到立秋,现在白露都过了,事情还没有一点眉目。小李心慌了。嫂子也每天骂骂咧咧地不给小李好脸色。媳妇也受够了,说小李再不想办法自己就回娘家了。

小李没辙了,又去找村长。小李这几个月一直都在找村长,但村长每次都叫小李等着。小李不知啥地方没到位,每次拿去的东西,村长总是客客气气地拒绝。村长说:"我咋会要你的东西呢?一个村子住着,抬头不见低头见,咋好意思!你别有想法,我知道你的难处,我们尽快开会商量一下,一有结果我就通知你。"

这天,小李走进村长家时,村长媳妇正在院坝里打黄豆。村长抽着烟,坐在堂屋里津津有味地看着电视。

小李走进院坝,抓起一把黄豆,在手里搓了搓,吹吹,丢在地上,然后走到村长面前,递了一支烟给村长,并给村长点燃,坐到村长旁边,没话找话地和村长天南地北地吹了起来。这时,电视里正放一部反腐倡廉的电视剧。村长坐在那里,边看边皱眉头。聊了好一会儿,小李一直没说宅基地的事情,村长感到有点奇怪,转过头看着小李,一脸的狐疑。

小李朝村长笑笑,又递了一支烟给村长,看了看晒在院坝里的黄豆问:"村长,你这黄豆要卖不?"

村长愣了一下,朝小李笑笑,说:"要卖,咋不卖呢!"

小李说:"我表哥在城里开了一个豆花饭店,需要大量的黄豆,他让我在村里帮他问问。"

村长又笑了笑说:"问问?价钱都不说就问问?"

小李说:"我表哥说了,只要黄豆好,价钱高点都无所谓。"

村长猛吸了一口烟,吐着烟圈,看了看门外,说:"我的黄豆不说是全国第一,至少全村第一,这点不是乱说的。"

小李忙讨好说:"那是,那是!"

村长说:"你表哥出多少价?"

小李说:"我还没问。你去年卖的多少?"

村长停了一下,说:"去年是村里的老王买的。去年的黄豆和今年的差不多。去年卖的两块八。贵是贵了点,不过,我这黄豆就值那个价。你可以先问问你表哥。"

小李知道老王去年承包了村里的鱼塘。小李愣在那里,傻了一会儿,忙说:"好,我先问问。"说完又递了一支烟给村长,然后就走了。

第二天,小李来到村长家时,村长不在,村长媳妇在。

小李问:"村长呢?"

村长媳妇看了一眼小李说:"啥事?你说就是!"

小李说:"昨天说的卖黄豆的事?"

村长媳妇说:"黄豆是我种的,这事与村长无关。两块八,还是去年的价,你买不?"

小李说:"买。"

下午,一辆小四轮车子开进村长家,两千多斤黄豆,一车就装完了。小李把钱如数点给村长媳妇时,村长没在家。

晚上,小李又去的时候,村长回来了。村长又在看电视,还是那部反腐倡廉的电视剧。小李递过烟。村长看了一眼小李说:"你的宅基地问题,今天下午我们村委商量了一下,同意了。你可以自己找一个地方,但尽量不要占熟地。你先打个报告,我看一下!"

小李忙帮村长把烟点燃说:"行!谢谢村长。"说完,就屁颠屁颠地走了。

小李的新屋开工那天,表哥骑着摩托来祝贺。表哥掏出一个报纸包,递给小李说:"你数数,这是买黄豆的钱,刚好四千三百元。"

小李接过钱,苦笑了一下,数都没数,就直接塞进了裤子口袋。

这时,鞭炮噼里啪啦地响了起来。

新房终于动工了。

试 验

楸 立

为了解某物的性能或某事的结果而进行的尝试性活动叫作试验。

皮豆和六毛是一个堡子的,六毛二十六,小皮豆两岁。皮豆是个屠夫,在家里搞宰杀。这种生意辛苦,累人。皮豆的爷爷那辈就是搞宰杀的,一代代传到了皮豆这辈儿,皮豆更是把祖传的买卖搞得风生水起。

皮豆的活儿做得干净,杀猪前喝上一口高粱酒,然后一抹嘴,顺势抄起牛耳屠刀,手起刀入,将一头头肥猪送上西天。

那天活该出事。一只老母猪非常地倔强,临死不屈不挠,让皮豆着实地费了一大通力气。待收拾干净,皮豆拉着一车猪肉,刚出村口就感觉手脚发酸不听使唤,一个恍惚,车就翻了,皮豆被扣在车底下。

皮豆嗷嗷地直叫救命。那时候,正是凌晨五点钟左右,天刚蒙蒙亮,一个人影都看不见。鬼使神差,窝憋在家难以入睡的六毛,正在村周围溜达,听见叫喊声,跑过来,使出蛮力把皮豆从车底给拽了出来。还好皮豆只是腿受了点伤。

再来说说六毛,这六毛为什么晚上睡不着觉呢?六毛在家行三。大哥叫大毛,二哥叫二毛,他是老三,却被他老爹叫作六毛。六毛的老爹是个坚定不移的铁杆赌徒,逢赌必输。只晓得天天赌,把家赌了个穷光光。大毛给人做了倒插门女婿,二毛外出打工就不回来了,六毛在家无所事事,爹也不管他,任由来去。可六毛闲得着急,同村的伙伴一个个都娶妻育子,都有个温馨的家,有人照顾,再看自己,一个屋四个空旮旯,破屋乱炕,真说不出的窝憋。自己心急眼热,这家哪能待呀!

自打六毛仗义救了皮豆后,皮豆自是感激不尽,三天两头地叫六毛过去吃饭。皮豆的媳妇也会来事儿,一口兄弟长一口兄弟短地给六毛倒酒夹菜,让施恩与人的六毛,嘴里嚼着可口的饭菜,却无半点优越感,心中一阵阵热浪翻腾,不一会儿眼睛就湿润了。皮豆能看出六毛的内心所想。

"六毛,以后我这个家就是你的家,没地方去就过来,没地方吃这里吃来。"

"哎!"六毛应了一声,沉沉地点了下头,皮豆又端着酒杯和六毛干了一大杯。

那晚六毛喝了不少酒,喝得头重脚轻。然后六毛就睡了。天光大亮的时候,六毛才醒,他发现自己躺在皮豆家西屋床上,脚底下一双新皮鞋放在床下。这时听到皮豆的媳妇喊:"六毛兄弟,醒了吗?你的鞋破得不能穿了,这双鞋是皮豆的,没穿过几次,你看合适不?"

六毛穿上了皮鞋很可脚。外屋皮豆的媳妇已经把早饭摆到桌上了。六毛坐下去吃了几口,眼圈儿又红了,心说有个家真好。

六毛真的就在皮豆家住了下去,也不闲着,早晨起早和皮豆忙活。然后,等皮豆走了就到自家看看,收拾收拾农活儿,晚上就在皮豆家里住。

可这时间长了,问题就出来了。皮豆下午从集市上回来,村里人都用异样的眼光看他,瞅得皮豆心里发毛。还有人和皮豆说话也古里古怪的。

"皮豆,回来早呀?"

"早。"

"得早回来呀,家里别着火呀。"

什么话呢?

"嗯,嗯。"皮豆应着,脑子里云山雾罩。

回到家,看到老婆正和六毛在饭桌上亲亲热热地聊着,皮豆心里觉得怪怪的,真是不得劲儿。

晚上,皮豆翻来覆去地睡不着,大牛眼珠子瞪着身旁的媳妇,媳妇让他瞅得发毛,问:"今天咋啦?"

皮豆没说话,翻过身去胡思乱想。

皮豆第二天做生意无精打采,不是给人找错了钱就是割错了肉。心里总是捣鼓,对家里放不下心。

皮豆在集市里混了四五年了,了解社会上怎么个回事,也算得半个江湖了,这男人有几个囫囵个的,那六毛血气方刚的,就没有吃过一次腥? 就算是没吃过腥的猫,天天和自己漂亮媳妇在一起,万一生出什么事来……

皮豆越想心里越忐忑,但又不敢和媳妇说。皮豆的媳妇倒是非常贤惠,可这六毛?

皮豆经过几天的思想斗争后,眼前一亮,想出一个可以称之为上乘的方法,那就是试验。

第二天的清晨,把肉装上车,皮豆对六毛说:"你和我去县城吧! 中午有哥们儿请酒。"六毛也没多想,答应了一声,就和皮豆去了集市。猪肉不多,不到晌午就全卖出去了。皮豆说咱去东城聚贤阁喝酒去,到了饭店,皮豆和六毛要了几个酒菜。六毛说:"请酒的那个哥们儿呢?"

皮豆说:"不来了,咱俩吃正好。"

一瓶白酒两个人下了肚,皮豆说自己少喝还要开车。当然酒大多数让六毛喝了,六毛就有些头脑发涨。皮豆眨了眨眼睛,说:"六毛,还没开过荤吧?"

六毛脸上通红,没有言语。

哥哥今天请你乐乐。

说着皮豆就向吧台上喊,来个人,搀我兄弟到屋里休息会儿。马上就从外间进来一个穿着暴露的女人,扶着六毛上了楼上。

六毛嫖娼被公安局抓的消息是第二天传到村里的,大家都说这个六毛真没出息,没本事不出去挣钱,还找小姐。

小小说美文馆

还有人说:"皮豆真够哥们儿。花了五千块钱把他赎出来,这种人管他干吗!"

这事当然也传到了皮豆媳妇耳朵里,皮豆媳妇夜里问皮豆:"你说六毛怎么是这种人呢?"

皮豆满脸的无辜,说:"是呢,我也真想不到。"

"咱家可不能留这种人。"

"是呢,影响不好。"

皮豆送六毛上火车的路上,六毛背着被褥卷,垂着头一言不发。皮豆说:"这事影响挺大,村里你是待不住了,出门找点活儿干,有什么困难来个电话。"

六毛点了点头,眼泪汪汪地说:"皮豆哥,你对我的好,我一辈子都念着呢。"

说得皮豆也动了情,说:"兄弟,你救过我的命,咱一家人不说两家话,路长着呢。"